Puis de nouveau les guerres suscitees.

므깃도 5 (完)

이황주 퓨전 장편 소설

초판 1쇄 찍은 날 § 2006년 2월 22일
초판 1쇄 펴낸 날 § 2006년 3월 2일

지은이 § 이황주
펴낸이 § 서경석

편집장 § 문혜영

펴낸곳 § 도서출판 청어람
등록번호 § 제1081-1-89호
등록일자 § 1999. 5. 31
어람번호 § 제1-0681호

주소 § 경기도 부천시 원미구 심곡1동 350-1 남성B/D 3F (우) 420-011
전화 § 032-656-4452   팩스 § 032-656-4453
http://www.chungeoram.com
E-mail § eoram99@chollian.net

ⓒ 이황주, 2005

ISBN 89-251-0006-1 04810
ISBN 89-5831-605-5 (세트)

므깃도

이황주 퓨전 판타지 소설
FUSION FANTASTIC STORY

5
완결

Puis de nouveau les guerres suscitees.

도서출판

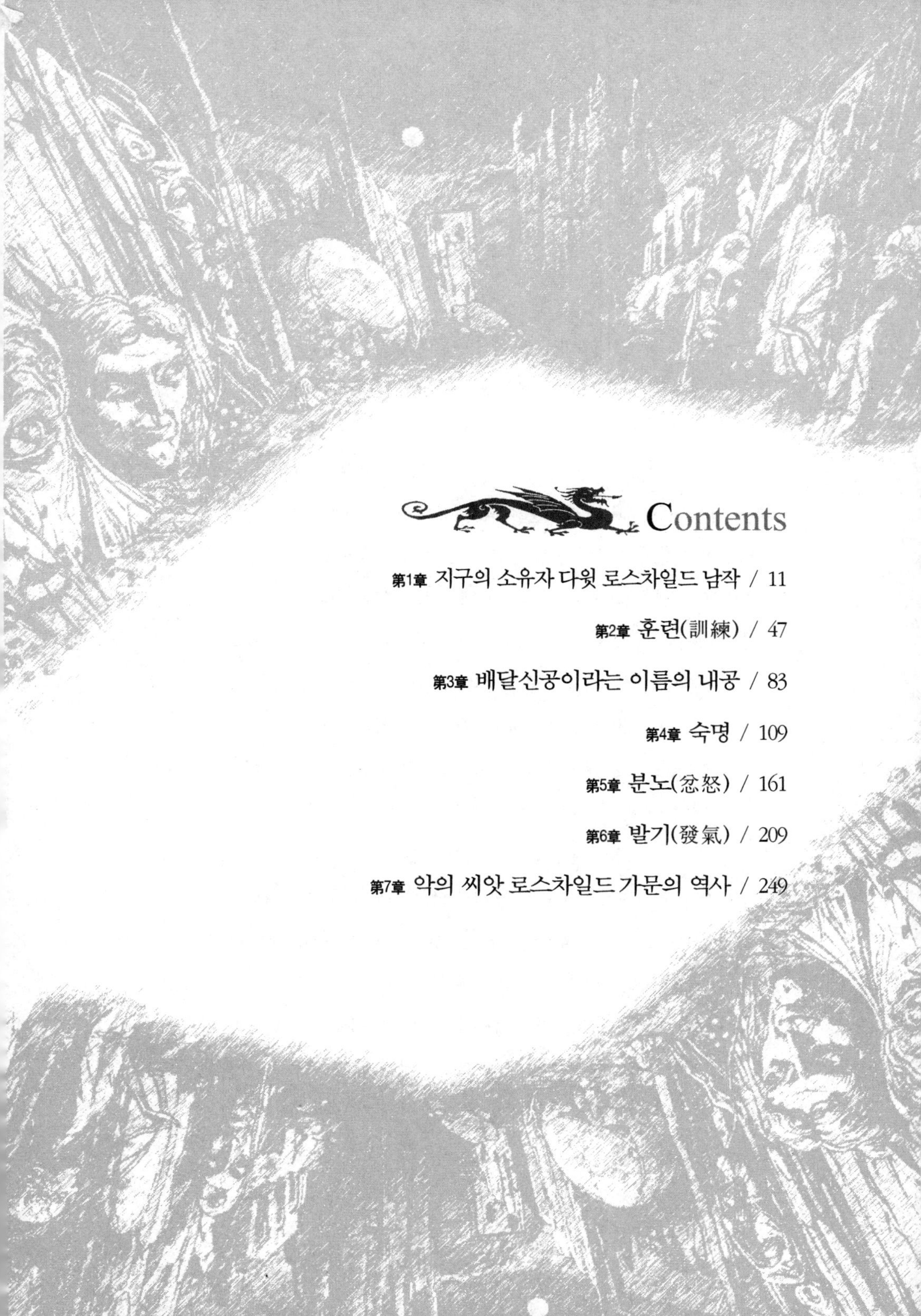

Contents

지구는 약 10억 년 전에 현재의 크기가 되고,

생명이 없던 시생대(始生代, Archeozoic Era)가 시작된다.

약 6억 년 전에 생명 운반자들이 생명 실험을 하려고

십일(十一) 혹성으로 지정된 지구에 파송된다.

이들은 5억 5천만 년 전에 다시 돌아와 유란시아(지구)에 생명을 세 곳에 심

고, 이로써 생명이 싹트며 원생대(原生代, Proterozoic Era)가 시작된다.

고생대(古生代, Paleozoic Era)가 뒤따르고 해양 생명이 발달된다.

중생대(中生代, Mesozoic Era)에는 시초 육지 동물이 개발되고,

마지막 5천만 년 동안, 즉 신생대(新生代, Cenozoic era)에

포유 동물(Mammal)이 발달된다.

초기의 리머(Lemur) 부류에서 영장목(靈長目, Primates)이 솟아나며,

약 1백만 년 전이 되자, 이들의 후손, 즉 안돈과 폰타에 이르자

의지(意志, Will)가 활동하기 시작하여 인간으로 인정을 받으며,

이로써 생명 운반자들이 유란시아(지구)에서 현역 근무에서 물러난다.

안돈과 폰타는 열등한 동물 부족 식구들과 섞이는 것을 피하려고

북쪽으로 떠나며 실험 끝에 불 지피는 것을 배운다.

안돈의 후손이 아시아에 퍼진다. 고손(高孫) 바도난의 부족이 열등한 이웃

종족들을 몰살하고 혈통을 깨끗이 함으로써 네안데르탈 종족을 세운다.

약 50만 년 전에 바도난의 부족 중에서 산긱 가족이 태어나며,

이들은 유란시아에서 여섯 유색 인종(Colored Races),

즉 홍인(Red Man), 주황인, 녹인, 황인(Yellow Man),

청인, 남인(藍人:Indigo Race)의 조상이다. 주황인과 녹인은 절멸되고

청인(靑人)의 혼합 종족은 현재 백인으로 남아 있다.

유색 인종이 나타남과 동시에 라노난덱 아들 칼리가스티아가 유란시아에

혹성 영주로 부임하여 달라마시아 지금 메소포타미아 지방에 본부를 둔다.

그 참모진 1백 인의 남녀는 체계 서울 예루셈의 자원자(Volunteer)들로부터

선출되었고, 안돈 사람 1백 명으로부터 생명질을 얻어서 물질화한다.

이들은 다른 진화 혹성에서 필사자의 경험을 전에 거쳤으며,

10대 분과로 나누어 혹성의 행정을 담당한다.

이들은 자신의 몸을 연구한 결과 비성교(Nonsexual) 방법,

지성과 상물질의 연결을 이용하여, 1차 중도자 5만 명을 출산한다.

이들의 초기 교육 목적은 사냥꾼(Hunter)을 목자(牧者:Herder)로 바꾸고

나중에 농부(Farmer)로 만드는 것이다.

그러나 루시퍼 반란이 터질 당시에 칼리가스티아가 동조하고,

그 참모진 중에 놋을 비롯하여 60명이 반란에 가담한다.

이들은 생명나무(Tree Of Life)의 과일을 먹지 못하게 되어

죽을 것을 알았으므로, 성교로 번식하고 죽는다.

반과 아마돈과 충실한 추종자들은 인도의 북부로 피난하여 세계의 회복을

계획한다. 후일에 에덴동산(Garden of Eden)을 세우고
생명나무를 옮겨 심고 아담이 오기를 기다린다.
약 3만 8천 년 전에 인류를 깨우치기 위하여 아담과 이브가 도착하여
6일 동안 유란시아(지구)를 둘러보고 일곱째 날에 아버지의 성전에서
집회를 가지며 이것이 세상이 6일 동안에 창조되었다는 전설의 기원이다.
아담과 이브는 1백 년이 넘도록 착실하게 일하지만 칼리가스티아가 찾아와
여러 가지로 유혹한다. 드디어 세라파타시아의 주선으로 이브는
놋 사람 카노와 관계를 가지고 카인을 낳는다.
아담과 이브는 하늘의 뜻을 어김으로 물질 아들 신분에서 강등되어
인간이 되며, 주위 부족의 침공 때문에 제1동산을 버리고
메소포타미아의 바빌론 지역으로 이동한다.
이것이 보라 인종(Violet Race)의 기원이며,
아담은 산긱 종족 여인 1,600여 명과 통하여 씨를 퍼뜨린다.
아담손은 반의 옛 기지를 찾아가 라타를 만나고 이들에게서 생긴
열여섯 명의 아이로부터 2차 중도자 1,984명이 생겨난다.
이 중도자들은 물질 몸이 없고 번식하지 않으며,
빛 에너지를 먹고 살며 아직도 활동하고 있다.
중도자들은 인간과 물리적으로 접촉할 때 쓰인다. 반역하지 않은
1차 및 2차 중도자들은 현재 단일 군단으로 유란시아에서 활동한다.

인간은 지구에서 잠시 세 들어 살다가 떠나지만 중도자들은
영구 시민(Permanent Citizen)이라 할 수 있다.
아담 이후에 보라 인종은 메소포타미아에서 놋 사람들과 함께 살고, 안돈
사람들은 투르키스탄 지역에, 청인은 유럽에, 황인은 아시아에, 홍인은
아메리카에서 살며, 남인종은 아프리카로 건너가 사하라 문명을 이룩한다.
그리고 인도에는 많이 혼합된 종족들이 산다. 아담 및 아담손의 핏줄이
산긱 유색 인종과 섞인 사람을 안드 사람이라 한다.
이 안드 사람들의 3/4가량은 유럽으로 가서 나중에 유럽 문명의 기초가
되며, 나머지는 근동으로 가서 황인과 섞이고, 더러는 이집트로 이주한다.
안드 사람의 한 가지는 동양으로 가서 인도를 정복하고,
아시아에서 황인은 홍인을 아메리카로 몰아내며,
홍인은 거기서 아담의 핏줄과 거의 접촉이 없게 된다.
안드 사람이 중국에 침투하며, 이로써 시간 계산이 메소포타미아와
같게 된다. 황인의 큰 장점은 가족을 중요시하는 성향이며,
단점은 조상 숭배로 말미암아 옛것을 중시하는 철학에 집착하고
이로써 유일신(Monotheism) 숭배가 지연되는 것이다.

—유란시아(지구)의 서 중에서 발췌.

第1章
지구의 소유자 다윗 로스차일드 남작
Les fleaux passes diminue
6651

Act 1

Puis de nouveau les guerres suscitees.

Puis de nouveau les guerres suscitees.

　85세의 다윗 로스차일드 남작은 세 시간 동안 '참선(參禪)'의 침묵 속에서 눈을 떴다. 양쪽 발바닥이 위로 향했던 결가부좌의 자세를 풀고 무릎을 천천히 마사지했다.

　저리던 발이 한참 만에야 정상을 되찾자 다윗 경은 몸을 일으켰다.

　갈수록 명상을 하는 게 힘이 들어졌다.

　그나마 심신이 좀 상쾌해진 것이 다행이었다.

　자신이 아들같이 여기던 블랙드래곤이 죽었다는 소식을 전해 듣고는 가슴이 아팠다.

　아들이 없는 자신의 '후계자'가 될 수도 있었던 녀석이었다. 천방지축인 딸년 크리스티안만 아니었다면 말이다.

　그만큼 블랙드래곤은 동양인이었음에도 불구하고 탁월한 재능을 가진 녀석이었다.

　불편해진 심기를 가라앉히기 위해 유리로 만든 피라미드의 방으로 들어가서 세 시간 동안 침묵 속에서 죽은 녀석의 영혼과 접촉을 시도

했으나 녀석의 영혼은 나타나지 않았다.

영혼이 나타나지 않았다는 것은 자신과 만나기를 거부한다던가, 아니면 아직 죽지 않았기 때문이다. 블랙드래곤을 확실히 제거했다는 네오콘의 보고를 다시 한 번 확인해 볼 필요가 있다는 생각이 들었다.

결국 블랙드래곤 한상과의 영혼 접촉을 포기한 채 호흡을 조절하고는 명상에 빠져 들었다 깨어난 것이다.

그리고는 몸을 일으켜서 묵상의 방(Zen Meditation Room)을 나섰다.

흰 칼라와 검은 양복으로 반듯하게 차려입은 집사가 지팡이와 수건을 팔에 걸고 있다가 내밀었다.

80년 동안을 한결같이 자신의 옆에서 그림자같이 지켜주고 있는 충실한 충복이자 분신 같은 존재였다.

"누가 왔다고?"

"크리스티안 아가씨의 수행원인 '아담(Adam)' 입니다, 도련님."

늙은 노인에게 도련님이라는 호칭은 적절치 못하다. 모르는 사람이 들으면 기이하게 여겼으리라.

집사 헨리는 5세의 나이로 거세를 당한 채 로스차일드 가에 들어와 어린 주인의 친구 역할을 하면서 몸종으로 평생을 독신으로 지내왔다.

어렸을 때부터 불렀던 습관 때문에 85세의 주인에게 도련님이라고 불렀고, 모세 로스차일드 주니어는 그것을 묵인했다.

영혼의 아이덴티티로 볼 때 물질 세계에서의 85살의 나이라는 것은 아무런 의미가 없는 것이기 때문이다.

"크리스티안은?"

"함께 오시지 않았습니다만."

"혼자 왔다고?"

"그렇습니다."

다윗 경의 흰 눈썹의 미간이 좁혀졌다.

'아담'은 거대한 저택의 1층 접견실에 긴장한 모습으로 앉아서 다윗 로스차일드 남작을 기다리고 있었다.

아담의 본래 이름은 모드 아담스(Maud Adams)였으나 보통 아담이라는 이름으로 불렀다.

눈부신 금발에 계집처럼 섬세한 얼굴을 가진 28세의 청년이었고 다윗 경의 무남독녀(無男獨女)인 크리스티안 로스차일드의 개인 경호 임무를 맡고 있었다. 이른바 보디가드였다.

다윗 경은 이스라엘 건국 아버지로 불리는 에드몽 로스차일드의 직계 적손(嫡孫)이었고, 크리스티안은 다윗 경이 늘그막에 얻은 유일한 혈육이었다.

에드몽 로스차일드는 이스라엘 민족을 위해 막대한 돈을 내놓았고, 그 돈은 이스라엘 건국의 밑바탕이 되는 자금이 되었던 것이다.

그렇기에 이스라엘의 역대 총리는 로스차일드 가에 대해 절대 충성을 했으며 이스라엘 정보부 모사드 역시 수족처럼 로스차일드 가의 명령에 따랐다.

아담은 초조하게 다윗 경을 기다리면서 창밖으로 시선을 돌렸다.

창밖으로 아름답기 그지없는 엑스버리(Exbury) 정원이 눈에 들어왔다.

영국, 웨스트 체스터카운티(West Chester County)에 위치한 고대 영국풍의 이 대저택은 바로 프리메이슨의 최고 우두머리이며 대대로 전시안(全視眼:All Seeing Eye)들의 수장(首將)인 다윗 로스차일드 가문의 저택이었다.

이탈리아 도리아 궁에서 청동으로 만든 문을 떼어다가 붙였고, 이탈리아 각지의 궁전 유적에서 대리석을 실어다가 지었다는 이 거대한 저택은 유럽전역에 190개의 저택을 가지고 있는 로스차일드 저택 중 가장 아름다운 곳이었다.

전설의 로스차일드 가문.

전 세계의 돈과 금을 움켜쥐고 있고 지구의 반이 그의 것이라고 해도 과언이 아닐 정도였다.

전시안(全視眼:All Seeing Eye)이란 이집트 신화에 나오는 승리의 신 호루스를 의미한다.

1달러짜리 지폐에는 피라미드 상단부에는 밝게 빛나는 눈이 하나 그려져 있다. 이것은 전시안, 혹은 매의 눈이라 불리는데 이집트 신화에 나오는 승리의 신 호루스를 의미하며 호루스는 매의 얼굴을 한 이집트 신화 인물로 오시리스의 아들로 알려져 있다.

오시리스가 차남 세트에게 죽임당하자 그를 제거하고 다시 이집트 왕권에 오르게 되어 승리의 신이라 불리게 된다. 하지만 세트는 오시리스를 제거하고 나서도 이집트를 통치할 수 없었다. 이집트를 통치하기 위해선 태양신 라와 오시리스가 지닌 신비의 힘을 가지고 있어야 하는데, 라는 세트가 아닌 호루스에게 그 힘을 전수하였기 때문이다.

시간이 흘러 이러한 신화를 자기들 식대로 해석하여 그것을 수용한 비밀 결사대가 현재의 프리메이슨들이며 이들은 십자군 전쟁을 계기로 교황의 힘을 무너뜨리고 향후 자유주의 물결을 일으켜 왕권을 몰락시키는 역할을 하게 된다.

물론 자신들의 존재는 철저히 은폐한 채.

그래서 수백 년의 역사를 지닌 프리메이슨의 존재를 아는 사람은 매우 드물었지만 근래에 와서 밝혀지게 된 것이다. 즉, 전시안은 멀리 볼 수 있는 시안을 의미하며 이들은 가장 최상단에 위치하여 가장 멀리 보는 존재라는 자신들의 힘과 어디서든 자신들이 존재한다는 것을 보여주기 위해서 미국의 지폐에 자신들의 상징인 전시안을 그려 넣은 것이었다.

바로 다윗 로스차일드 남작은 그 전시안이었고, 프리메이슨의 맹주였으며 전시안이라는 말 자체가 신(神)을 의미하는 것이기도 했다.

발자국 소리가 나자 아담은 자리에서 벌떡 일어났다. 지팡이를 짚은 다윗 경이 들어오고 있었다.

아담은 다윗 경 앞에서 무릎을 꿇고 그의 발등에 입을 맞췄다.

"무슨 일로 여기까지 왔느냐, 아담."

"아가씨의 행적을 놓쳤습니다, 용서해 주십시오."

무릎을 꿇은 채 아담은 고개를 들지 못하고 말을 이었다.

다윗 경의 눈썹이 꿈틀거렸다.

"……."

"24시간 아무리 밀착감시를 한다 해도 또다시 이런 일은 되풀이 될 것입니다."

"그래서?"

"다른 임무를 내려주신다면 목숨을 걸고서라도 하겠습니다."

"크리스티안의 경호를 맡은 것이 지겹다는 뜻이냐, 아니면 네가 맡은 경호일이 하잘것없다고 말하고 싶은 것이냐?"

핵심을 찌르는 말에 아담은 잠시 할 말을 잊었다.

아담은 다윗 경의 딸을 경호하기 위해 거세까지 당한 처지였다.

따악!

갑자기 다윗 경은 아담의 머리통을 지팡이로 후려쳤다.

"……!"

눈앞이 번쩍했다. 머리가 찢겨졌는지 피가 이마를 타고 코끝으로 흘러내렸다. 하지만 아담은 감히 움직이거나 소리를 낼 수 없었다.

그 위로 나직하고 거역할 수 없는 음성이 들렸다.

"네 평생 임무는 그것이다."

아담은 어금니를 굳게 앙물었다.

"크리스티안은 모스크바에 있다, 가라."

아담은 흠칫했다.

딸에게 위치추적 칩을 시술한 것도 아닌데 다윗 남작은 딸이 있는 곳을 언제나 정확하게 집어냈다.

그것뿐 아니라 모든 것을 투시하고 있는 듯 알고 있었다.

혹시나 자신의 마음까지 읽고 있는 것이 아닐까 하는 두려움에 몸서리 쳐졌다.

아담은 다시 한 번 그의 발등에 입을 맞추고는 일어섰다.

저택의 현관문을 나서는 아담의 얼굴은 창백하게 일그러져 있었다. 그리고는 다시 한 번 속으로 결심했다.

반드시 이 로스차일드 가문의 저택을 손에 넣고 전시안이 될 것이다, 라고…….

지팡이에 맞은 부위가 욱신욱신 쑤셨다.

다윗 경은 2층의 넓은 서재의 창가에 서서 정원을 빠져나가는 아담이 타고 온 날랜 스포츠카를 지켜보았다.

"차를 드십시오, 도련님."

헨리가 은쟁반에 중국식 다기(茶器)에 김이 피어오르는 물을 따라서
는 찻잔을 두 손으로 공손히 내밀었다.

"고맙네, 헨리."

다윗 경은 차를 받아들고 코끝으로 냄새를 맡았다. 향기롭고 감미롭
기 이를 데 없는 청향이 금세 서재에 가득 찼다.

"오늘따라 대홍포차의 향기가 더욱 짙은 것 같군."

"좋은 일이 생길 징조인가 봅니다."

온화한 미소를 띠며 헨리가 조용히 대답했다.

다윗 경은 차를 조용히 한 모금 마시고 혀끝으로 굴렸다. 향이 입 안
가득 퍼졌다.

이 대홍포차(大紅袍茶)는 중국 무산 특제품으로 귀하기 이를 데 없는
차였다.

불과 25그램에 2만 5천 달러가 넘는, 화교거상(華僑巨商)들도 좀처
럼 엄두를 내지 못하는 차였다.

"아담에게 웬만하면 다른 일을 맡기시는 건 어떻습니까, 도련님."

헨리는 담담하게 물었다.

"글쎄⋯⋯."

이렇게 심중의 말을 다윗 경에게 친구처럼 편하게 털어놓으며 의견
을 제시할 수 있는 사람은 지구상에서 헨리 말고 오직 두 명뿐이라고
해도 과언이 아니었다.

한 명은 교황, 또 한 명은 영국 왕실의 엘리자베스 여왕이었다.

영국 수상조차 그의 앞에서는 고개조차 들지 못했던 것이다.

"자넨 아담을 어떻게 생각하나?"

"재능이 있는 젊은이라고 생각합니다."

"그건 맞아, 하지만 그 영혼의 천성은 교활하고 천박해."

"그런가요?"

"여우의 마음과 사자의 흉포함에, 돼지 같은 욕심을 가지고 있는 녀석이지."

주인님의 말은 언제나 옳았다. 모든 것을 꿰뚫어 보고 있었다.

심지어 죽은 자들의 세계와 영계까지 넘나들고 있다는 것을 유일하게 눈치채고 있는 것이 바로 헨리였다.

하지만 80년을 같이 살아온 헨리는 주인 다윗 경의 마음 또한 누구보다 잘 알고 있었다.

"도련님께서는 미스터 유… 블랙드래곤을 생각하고 계시군요."

다윗 경은 긍정도 부정도 하지 않았다.

네오클로네이드 사의 가브리엘르 레오파드 2세의 암살 실패 소식이 전해졌을 때도 아무런 표정의 변화도 없었다.

이미 실패할 것을 알고 있었는지도 모른다.

그러나 블랙드래곤을 제거했다는 보고를 받았을 때는 불같이 화를 냈었다. 그리고 블랙드래곤의 제거 결정을 마음대로 내린 네오콘들의 수뇌들을 모두 불러들였다.

그들은 다윗 경의 호출에 황급하게 전용기를 타고 곧바로 영국으로 건너왔고, 좀 전의 아담처럼 지팡이로 사정없이 얻어맞았다. 모두 얼굴에 피칠을 하고서는 용서를 빌고, 또 빈 다음에야 물러갈 수 있었던 것이다.

그들은 다윗 경이 일개 암살자인 블랙드래곤을 그토록 중요하게 생각하고 있다는 것을 꿈에도 몰랐던 것이다.

헨리는 주인이 유일하게 취해서 했던 말을 기억해 냈다.

크리스티안의 20세 생일날이었던 것으로 기억하는데, 자신은 다시 이 로스차일드 가의 저택으로 돌아온다고 말했었다. 그게 무슨 말인가 묻자, 자신이 죽은 다음에 다시 크리스티안의 아들로 태어나게 될 것이니 그때까지 살아 있어 달라고 헨리에게 웃으면서 말했던 것이다.

이 뚱딴지같은 말에 헨리는 놀라기도 했고 당혹스럽기도 했다.

그러자 다윗 경은 별것 아니라고 했다.

티벳의 라마승들은 죽은 후 자신들이 선택한 부모 밑으로 다시 태어날 수 있다고 했다. 자신은 아직 할 일이 남았기 때문에 다시 로스차일드 가로 돌아올 것이라고도 했다.

지금은 주인 다윗 경의 말을 굳게 믿었다.

그동안 헨리는 주인에 대해 많은 것을 보아왔고, 다윗 경이 유일하게 속을 터놓고 이야기해 주고 보여준 것이 헨리였기 때문이다.

그런 헨리였기 때문에 주인의 분노를 이해할 수 있었다.

다윗 경은 내세에 다시 환생할 몸의 부모로서 자신의 딸 크리스티안과 유한상, 즉 블랙드래곤을 점찍어 두고 있었던 것이다.

Act 2

그 시각, 크리스티안 로스차일드는 모스크바의 세라예티보 공항의 아에로플로트기에서 내리고 있었다.

짙은 선글라스를 쓰고 간단한 여행용 가방 하나만을 들고 줄리아라는 평범한 이름을 가진 미국인으로 공항 검색대를 통과했다.

물론 그것은 이스라엘의 정보부 모사드의 직원에게 부탁하여 미리 만들어둔 열댓 개의 신분증 중 하나였다.

모사드가 만들어준 신분증은 완벽했다.

몇 개의 신분증으로 번갈아 사용해 가며 24시간 찰거머리같이 따라붙으며 감시를 하던 아담스를 따돌리고 블랙드래곤이 있다는 러시아로 오는데 성공한 것이다.

아담스는 크리스티안의 남자 사냥을 알게 모르게 훼방 놓았다.

그녀는 일종의 섹스 중독 증세를 가지고 있었기 때문에 남자 없이는 잠을 못 잔다.

나이트 클럽이나 바에서 제법 그럴듯한 남자들을 헌팅한다 해도 번

번이 아담스 때문에 남자들이 도망을 갔다.

무표정하게 호텔의 침실까지 들어와서는 소파에 앉아서 침대를 빤히 보고 있는 판에 어떤 남자가 섹스를 하고 싶은 생각이 들겠는가.

사내들은 투덜거리며 욕을 하고는 크리스티안을 떠났다.

크리스티안이 발작을 하고 차고 할퀴고 때려도 꿈쩍도 하지 않았다. 단지 자신은 임무를 수행하고 있을 뿐이라고 앵무새같이 되뇌이며…….

결국 섹스를 풀 길이 없는 크리스티안은 더욱 유한상 생각이 났고 천신만고 끝에 아담을 따돌리는데 성공을 한 것이다.

막상 따돌리고 나서 술집에서 만난 남자를 침실로 끌어들이는데 성공했으나, 갑자기 그 남자와의 섹스에 대해서 흥미를 잃어버렸다.

유한상에 비해 다른 남자들은 너무나 쉽게 침실로 끌어들일 수 있었던 것이다.

이유를 알 수 없어 'What?! What?!' 을 외치는 금발의 사내를 호텔 방에서 내쫓고는 서둘러 화장품과 옷을 챙기고는 모스크바로 날아온 것이다.

공항에서 택시를 잡아타고는 가장 가까운 호텔로 가자고 요구한 후 차창 밖으로 눈길을 돌렸다.

눈발이 날리고 있었다.

두꺼운 옷을 입고 있었지만 모스크바는 생각보다 더욱 추웠다.

우선 샤워부터 하고 난 다음에 시베리아 횡단 열차를 예약하고 히팅 장치가 된 두꺼운 방한복부터 사야겠다고 생각했다.

이번엔 반드시 유한상을 찾아낼 것이다.

유한상은 이곳 러시아에서 블랙드래곤으로 통한다 했다.

"망할 자식, 용이든 지렁이든 이번만큼은 반드시 찾아내서 내 발밑에 무릎을 꿇게 해줄 거야."

라고 거듭 다짐했다.

"개자식, 기다려. 내가 갈 테니까."

크리스티안은 이를 뿌득 갈아 부쳤다.

한상이 크리스티안을 만나게 된 사연은 곡절이 많았다.

그것은 후에 아담으로부터 들은 이야기였다.

자신의 모국인 한국에서 최무의 암살을 맡은 한상은 한쪽 눈알을 잃어버리고 미국으로 돌아왔다 했다. 네바다의 51구역 지하기지에서 의안수술을 받은 후 수십 건의 암살을 성공적으로 수행하였고, 그림자 정부의 수뇌들로부터 절대적인 신임을 받게 되었다.

최고의 암살자라는 칭호를 받게 된 뒤, 얼마 지나지 않아 위로부터 학위를 받으라는 명령서와 함께, 하버드의 입학통지서를 받게 되었다.

한상은 타고난 머리와 공부에 대한 뿌리 깊은 한이 있기도 하였기에 밤을 새워가면서 공부를 하였고, 마침내 2년 만에 학위를 받았고, 경영학 석사까지 마쳤다.

공부하는 동안에는 한상에게 킬러 일이 주어지지 않았고, 대신 한 여자의 경호 임무가 맡겨졌다. 유럽 여행을 하고 있는 여자의 앞에는 나서지 말고 뒤에 그림자 같이 따르며 경호를 하라는 것이었다.

그것이 크리스티안 로스차일드였다.

그때 크리스티안은 이탈리아의 모델 출신인 죠르쥬 상뜨와 사랑에 빠졌었는데 죠르쥬는 마약 조직의 하수인이었다.

페라리와 고급 옷을 미치도록 사랑하는 죠르쥬로서는 모델을 해서 나오는 수입만으로는 그 허영을 채울 수 없었기 때문에 스스로 자진해서 마약 조직으로 들어갔고, 동료 모델들에게 약을 팔아 짭짤한 수입을 올리고 있었다.

쬬르쥬는 돈을 물 쓰듯 하며 베네치아를 여행하고 있던 크리스티안을 발견했고 그녀가 엄청난 부자인 것을 어느 정도 눈치채고는 그녀를 유혹했다.

아니, 어쩌면 그녀가 먼저 쬬르쥬를 유혹했다고 보아도 틀린 것은 아니었다. 그만큼 쬬르쥬는 번드레한 외모를 가지고 있었기 때문이다.

쬬르쥬는 그동안 갈고닦아 연마한 침대 위의 기술로 크리스티안의 마음을 단번에 사로잡았던 것이다.

그리고는 장차 자신이 세계의 대부호의 상속인이 될 꿈에 부풀어 있었는데, 쬬르쥬는 사랑하는 여자가 따로 있었다.

한몫 잡아서는 이혼해 버리고 다시 사랑하는 애인과 합치려는 계획을 세우고 있었던 것이다.

쬬르쥬가 애인의 아파트에서 섹스를 나눈 후 장래의 계획에 대해 말하고 서로 꿈에 부풀어 있을 때 그들의 침실 문을 열고 조용히 들어선 것은 바로 유한상이었다.

쬬르쥬는 한상에게 덤벼들었지만 명치에 주먹을 한 방 맞고는 쭉 뻗어버렸다.

그리고 한상은 쬬르쥬를 묶어놓은 후 그 자리에서 옷을 벗고는 쬬르쥬가 지켜보는 가운데 그의 애인을 잔인하게 강간을 해서 짓밟았으며 미친 듯 발버둥 치며 울부짖는 녀석의 머리카락을 움켜잡고는 소음기가 부착된 권총으로 머리에 구멍을 내버렸다.

그리고는 묶은 줄을 풀은 후 소음기만을 뽑아서 호주머니에 넣고 권총을 쬬르쥬의 손에 쥐어주고는 살려달라고 애걸복걸하는 계집애를 창밖으로 던져 버린 후 그곳을 조용히 빠져나왔다.

그 사건은 다음날 신문에 치정극으로 발표됐다. 변심한 애인을 권총으로 쏴 죽이고 여자는 투신자살을 했다는 짤막한 기사였다.

그 신문기사를 읽은 크리스티안은 충격을 받았고, 한동안 잠잠한 듯싶었다. 그리고는 프랑스로 건너갔고, 한상 역시 수업을 잠시 중단하고 그녀를 따라갈 수밖에 없었다.

그녀는 파리에서는 몽마르트의 거리에서 만난 화가와 사랑에. 빠져 버렸다.

그 화가는 길거리에서 관광객들의 연필 초상화를 그려주고 근근이 끼니를 때우며 미술 공부를 하는 가난한 화가였는데 크리스티안의 정체를 알아내고는 결혼을 하자고 졸라댔고 크리스티안은 부친 다윗 경에게 결혼하겠다는 사실을 들뜬 목소리로 떠들어댔다.

곧바로 한상에게 그 화가를 없애 버리라는 명령이 떨어졌고 한상은 그 가난한 화가에게 강제로 꼬냑을 한 병 통째로 들이키게 만든 후 차갑게 얼어붙은 세느 강의 얼음 위로 던져서 살해해 버렸다.

그 뒤에도 크리스티안이 사귀었던 남자들이 세 명이나 한결같이 자살이나 사고로 죽어나갔다.

둔한 여자라도 몇 달 동안에 다섯 명의 애인이 줄초상이 나서 죽어나갔으니 이상하다는 것을 느꼈을 것이고 결국엔 눈치를 챘다.

크리스티안은 아버지 다윗 로스차일드 남작을 찾아가 울며불며 바락 바락 대들며 항의를 했고 팔목을 가르는 자살 소동을 벌였다.

그리고는 자신의 애인을 살해한 인간을 자기 앞으로 데려오지 않으면 다시 죽겠다고 단단히 엄포를 놓았다. 그 당시에는 엄포가 아니라 진실이었다.

자신이 사랑했던 애인들을 살해한 살인마를 자신의 손으로 죽여 버리고 원수를 갚은 다음에 자신도 자살할 계획이었던 것이다.

결국 하는 수없이 다윗 경은 한상에게 그 이야기를 했고 한상은 스스로 병원에 입원하고 있는 크리스티안을 찾아가서 자신의 짓이라고 담담하게 고백을 했다.

살인마를 죽이기 위해 베개 밑에 권총을 숨겨놓고 있던 크리스티안은 눈이 빛났다.

나타난 남자는 신비롭게 생긴 동양인이었던 것이다.

그동안 흑인, 남미 혼혈, 미국인, 프랑스인, 이태리인 등을 골고루 애인으로 삼았었지만 동양인은 한 번도 사귀어본 적이 없었다.

더군다나 한상의 외모는 이태리의 모델 죠르쥬 못지않은 조각 같은 마스크였다. 차갑고도 음울한 분위기의 우수가 배인 얼굴과 190이 넘는 늘씬한 체격에 균형 잡힌 체격이었다. 직업이 킬러이니 온몸이 강철 같은 근육으로 뭉쳐져 있을 거라는 생각이 들었고, 팬티 속에 들어 있는 동양인의 물건에 대해 호기심과 타는 듯한 갈증이 불처럼 일어났다,

결국 살인마를 죽이겠다는 애초의 계획은 까마득하게 잊어버리고는 한상을 유혹했다. 한상이 거부하자 한상의 목에 매달려 침대로 넘어졌지만 한상은 매몰차게 크리스티안을 밀쳐 내버린 것이다.

크리스티안은 수치심으로 얼굴이 붉어져 한상의 얼굴에 침을 뱉고, 마구 욕설을 퍼부어댔다. 욕설뿐이라면 얼마든지 참을 수 있었겠지만 그 욕 중에 부모님에 대한 것이 들어 있었는데 그게 한상의 화를 불러 일으켰다.

한상은 사정없이 크리스티안의 뺨을 후려쳤고 두 대를 더 친 후 병

실을 빠져나가 버렸다.

엄마의 젖을 뗀 이후 한 번도 맞아본 적도 없던 크리스티안의 입에선 피가 터져 나왔다.

크리스티안은 처음엔 놀라서 창백하게 질린 채 아무것도 생각할 수 없었다.

한참 후에야 정신이 든 그녀는 미친 듯 베개를 던지며 울고불고 발작을 했던 것이다.

폐쇄회로로 딸과 한상의 모습을 지켜보고 있던 다윗 로스차일드 경은 처음에 딸을 때리는 간덩이 큰 킬러에 대해 노여움이 불같이 치밀어 올랐지만 한편으로는 한상이 대견하기도 했고 믿음직스럽기도 했던 것이다,

다윗 로스차일드 남작은 좀 더 사태를 지켜보기로 했다.

그런데 의외의 일이 발생했다.

크리스티안의 뺨을 때린 것에 대한 사과를 하라는 명령을 받은 한상은 다시 크리스티안을 찾아갔고 정중하게 사과를 했다.

그런데 뜻밖에도 크리스티안은 고분고분한 모습으로 그 사과를 받아들였던 것이다.

이 놀라운 사실에 다윗 로스차일드 경은 호기심을 느꼈다.

그리고는 자신의 딸이 동양인 녀석을 좋아하고 있다는 것을 금세 깨달을 수 있었다.

그 직후 전쟁이 터졌고 교황청과 네오클로네이드 사의 레오파드 2세가 손을 잡자 프리메이슨의 수뇌들은 레오파드 2세를 암살하기 위한 적임자로 한상을 지목했다.

한상은 자신의 신분을 숨긴 채 교황청의 기사단 시험에 응시를 했고,

한상의 탁월한 무술 솜씨와 우수한 학업 성적으로 인해 기사단이 되어 시베리아 최전선으로 배치가 되어 눈부신 활약을 하면서 블랙드래곤이 라는 별명을 얻게 되었던 것이다.

크리스티안은 한상의 행방을 캐물었지만 아무도 대답해 주지 않았 다. 결국 그녀는 아담을 통해서 그 사실을 알게 되었고, 블랙드래곤을 찾아 이곳 러시아로 오게 된 것이었다.

한상에 대한 그녀의 감정은 복잡했다. 원한, 증오, 복수 등 여러 가 지가 복합된 것이지만 가장 중요한 것은 유일하게 자신의 자존심에 상 처를 주고 자신이 정복하지 못한 남자라는 것이 그녀를 시베리아까지 부르게 한 가장 큰 이유였다.

Act *3*

Puis de nouveau les guerres suscitees.

한 떼의 시베리아 사슴인 엘크들이 침엽수림의 잎들을 뜯어먹고 있었다.

핏!

한 개의 화살이 허공을 가르고 엘크에게 쏘아져 갔다.

따악!

엘크의 이마 한복판에 화살이 정확하게 틀어박혔다.

쿠웅!

황소만한 엘크가 작은 화살 한 방에 여지없이 나가떨어졌다.

쟈코브는 겨누었던 곰 사냥용 쌍구경 라이플을 들고 휘둥그레진 눈으로 초이를 돌아봤다.

대구경 라이플로도 급소를 정확하게 맞추지 못하면 여간해서는 쓰러지지 않는 것이 시베리아 엘크였다. 그만큼 시베리아 엘크는 큰 짐승이었다.

그런데 겨우 팔뚝만큼 짧은 길이인 화살 한 개로 저 거대한 엘크를 한 방에 깨끗하게 무너뜨렸다는 것은 쟈코브 말릭으로서는 믿을 수 없을 만큼 놀라운 일이었다.

초이는 담담한 표정으로 앞으로 뻗었던 손을 내렸다. 초이의 손에는 부친이 남긴 유일한 유품인 활, 즉 맥궁(貊弓)을 들려 있었다.

이틀째 눈이 퍼부었기 때문에 캠핑카는 속도를 낼 수 없었다. 식량도 떨어져 쟈코브 말릭과 초이가 사냥을 나섰던 것인데, 운 좋게도 엘크 무리를 발견하고는 야곱이 총을 쏘려하자 초이가 총신을 누르면서 막았다.

"총은 너무 잔인합니다, 내게 맡겨요."

하면서 들고 있던 자그마한 활시위에 화살을 먹이는 것이었다.

야곱은 기가 찼다. 장난감 같은 활로 저 큰 짐승을 잡겠다니, 운 좋게 발견한 엘크 무리가 놀라서 도망치게 놔둘 순 없기 때문에 일단은 초이에게 양보를 하고 총을 겨누고 있었던 것이다.

야곱은 달려가서 엘크를 살폈다.

평온하게 눈을 감고 쓰러져 있는 엘크는 이미 숨이 끊어져 호흡이 완전히 멎어 있었다.

총을 맞았다면 쉽사리 숨이 끊어지지 않고 흰 김을 뿜어내며 거칠게 호흡을 하고 있을 것이 뻔했다.

초이가 말한, 총은 너무 잔인하다는 말뜻을 비로소 이해한 야곱은 경이의 눈으로 초이를 올려봤다. 초이는 눈을 감고 엘크의 명복을 빌고 있었다.

야곱은 더욱 의아한 얼굴로 초이를 멀거니 바라보았다. 그동안 겪어서 알고 있는 초이의 모습과는 전혀 다른 모습을 보이고 있는 것이다.

이윽고 감았던 눈을 뜬 초이는 허리춤에서 군용대검을 뽑아 슥슥 엘크의 넙적 다리를 통째로 떼어내기 시작했다.

길가에 차를 세워놓고 야곱과 초이를 기다리고 있던 노라와 멍키영감은 커다란 넙적 다리 하나씩을 어깨에 걸쳐 메고 오는 둘을 발견하고는 환호를 했다.

바비큐 파티를 할 수 있게 된 것이다.

서둘러 나무를 주워다 모닥불을 지피고 넙적 다리를 굵은 작대기 꼬치에 꿰어 불에 걸어놓았다,

워낙 넙적 다리의 살이 두껍고 컸기 때문에 완전히 구워지려면 시간이 좀 걸릴 듯싶었다.

"야, 임마, 시합이 얼마 안 남았는데 망아지만 쓰다듬고 있으면 어쩌겠다는 거야?"

멍키영감의 말에 초이는 꼴통의 털을 강철 빗으로 빗겨주다가 돌아보았다.

"그럼 제가 무엇을 할지 지시를 해주셔야죠, 웨이트트레이닝을 맡은 건 영감님 아닙니까?"

"그, 그렇지."

맞는 말이었다. 자신이 초이의 훈련을 맡을 테니 명령에 따르기만 하라고 큰소리를 탕탕 쳤던 것이다.

"이봐, 야곱!"

"예! 써!"

군대에서의 습관이 남아 있던 야곱은 고기를 굽고 있다가 힘차게 대답했다.

"캄 온!"

야곱이 달려왔다.

"초이와 맞짱 한번 떠봐라."

"예?"

맞짱 뜨라는 말을 이해 못한 야곱은 반문했다.

"대련을 해보란 말이야, 자유 대련!"

"아……."

초이는 의아한 얼굴로 물었다.

"갑자기 웬 자유 대련입니까?"

"네놈의 실력을 내가 정확히 모르니까 파악을 하기 위해서다."

"그런가요?"

초이는 어깨를 으쓱했다.

잠시 후 초이와 야곱은 대결 자세를 취한 채 서로를 노려보고 있었다.

노라는 둘의 시합이 벌어지려 하자 차 안으로 뛰어가서 카메라를 들고 나왔다.

초이는 전에 비해 엄청나게 좋은 체격으로 변했다.

야곱에 비해 별반 차이가 없을 정도였으니 노라로서는 기가 막힐 수밖에 없었다.

노라는 계속 그 이유에 대해 파고들었지만 도무지 알 수가 없었기 때문에 멍키영감에게 물어봤지만 멍키영감은 전혀 모른다고 시침을 뚝 뗴었고, 마사오 역시 마찬가지였다.

둘 다 웃통은 벗고 있었고, 주먹 뼈의 손상을 막기 위해 밴디지를 감은 채 바지와 맨발 차림으로 눈을 밟고 있었다.

　영하의 날씨에 밑창이 두꺼운 부츠는 자칫 잘못하면 큰 상처를 낼 수 있기 때문이었다.

　펜싱과 사바테, 그리고 카포에라를 익힌 야곱은 허리를 약간 굽힌 채 팔을 늘어뜨리고 상체를 좌우로 흔들면서 공격의 기회를 노렸다.

　반면 초이는 버릇대로 전형적인 길거리 파이터의 자세를 취하고 있었다.

　상대가 공격을 가하면 맞받아치는 게 초이의 싸움 방식이었다.

　야곱은 허공을 가르고 발을 날렸다.

　웅! 웅!

　야곱의 발차기는 묘한 굉음을 내며 허공을 갈랐다.

　2미터에 가까운 거구임에도 불구하고 동작은 민첩하기 이를 데 없었고, 발차기는 전광석화 같았다.

　초이는 야곱의 발차기를 피하면서 등골이 서늘해짐을 느꼈다.

　한 대라도 맞으면 쭉 뻗어버릴 만큼의 위력이 들어간 발차기였다.

　공격은 최선의 방어였다. 초이는 기죽지 않고 맞받아쳤고 같이 발길질을 해댔다. 하지만 초이의 공격은 허공만 갈랐을 뿐이다.

　아주 작은 동작으로 초이의 공격을 무위로 돌리고 있었다.

　그 순간 초이는 야곱의 발 동작보다도 피하는 동작에서 뭔가 이상한 것을 느꼈다.

　그것은 초이의 발차기를 피한다기보다는 마치 칼을 피하는 것 같은 포즈였다. 초이의 공격을 가볍게 흘려버리며 굉음을 내면서 야곱의 발차기가 날아들었다.

　초이는 야곱의 발끝이 이상하다는 것을 발견했다.

　발바닥으로 상대를 가격한다기보다는 발가락 끝으로 찌르려는 것 같은 느낌이었다.

발바닥이 아닌, 발의 측면으로 자신을 가격하려 하고 있었던 것이다. 마치, 칼날같이 세운 족날로 후려치고 있었던 것이다.

그제야 초이는 야곱이 발을 칼날같이 사용하고 있다는 것을 깨달았다.

사바테라는 것은 발을 칼처럼 쓰는 무술이었던 것이다.

발끝으로 찌르고 발의 측면으로 베는 것이다.

찌르는 것은 펜싱의 변형이었고, 베는 것은 사바테의 기술이었다. 수도(手刀)가 아니라, 족도(足刀)로 발을 사용하고 있었던 것이다.

한번 기회를 포착하자 야곱의 발차기는 그칠 줄 모르고 밀려오는 파도처럼 초이를 핍박했다.

계속 밀리기만 하던 초이는 야곱의 발을 피하면서 바지 자락을 잡고는 확 잡아당겼다.

초이는 재빨리 균형을 일은 야곱의 뒤에서 목을 팔로 엮으며 헤드락으로 조였다. 야곱은 초이의 강철 같은 팔에 목이 걸려 무릎이 접혀지며 눌리는 듯싶었다.

하지만 미 특공대원 중에서도 탁월한 백병전의 솜씨를 발휘했던 야곱은 임기응변에 빨랐다.

팔꿈치로 초이의 옆구리를 가격했고, 초이는 숨이 턱 막히는 고통으로 인해 팔에서 힘을 풀었다.

초이가 허리를 웅크리고 주춤하는 사이 반대로 야곱은 초이의 등 뒤로 돌아서서는 엄청난 힘으로 초이의 허리를 팔로 조였다.

엄청난 압력이 가해지자 초이는 자신도 모르게 입을 벌렸다.

그리고는 본능적으로 뒤꿈치로 야곱의 발등을 내리찍었다.

“윽!”

야곱의 입에서 나직한 비명이 터졌다. 이번엔 야곱의 팔이 금방 풀려 버렸다.

둘은 막상막하였다.

무술 수련을 한 적이 없는 초이가 최강의 격투 정규 교육을 받은 야곱을 상대로 해서 한 치도 밀리지 않고 있다는 것은 타고난 스트리트 파이터임을 확실하게 입증하고 있는 것이다.

노라는 정신없이 카메라의 셔터를 눌러댔다.

야곱은 정신이 번쩍 들었다.

발뒤꿈치로 상대의 발등을 가격한다는 것은 얼핏 생각하기엔 그럴 듯해 보이지만, 사실은 거의 불가능에 가까운 수였다.

물론, 발등이 인체에서 급소에 버금가는 준급소인 것만은 틀림없는 사실이다. 하지만 급소란 콩알처럼 작은 부위이기 때문에 그 부분에 정확히 명중시킨다는 건 그리 쉽지가 않다.

흔히들 말하는 치한 퇴치법 중에는 남자가 뒤에서 끌어안았을 때, 하이힐로 얼른 남자의 발등을 내리찍으라고 하는데, 실제로 해보면, 성공률이 낮다. 급소를 정확히 맞추기가 힘들기 때문이다. 오히려 치한을 자극해서 더 큰 위험으로 몰고 갈 우려가 있다.

그런데 초이는 발등의 그 조그마한 표적을 아주 정확하게 내리찍은 것이다.

그것을 보면서 멍키영감은 크게 고개를 끄덕였다. 역시 예상했던 대로 초이 놈은 싸움에 관한 한 천부적인 재능을 타고난 놈임에 틀림없었다.

그러나 초이의 입장은 달랐다.

겨우 야곱의 손에서 빠져나오자마자 칼끝 같은 발끝이 초이의 급소를 노리고 정신없이 날아들었다.

야곱은 처음엔 어느 정도 사정을 두고 대결에 응했다. 자신은 프로였고 초이는 아마추어였기 때문이다. 그런데 막상 붙어보니 상황은 야곱이 생각한 것만큼 녹록하게 풀리지 않았다.

아마추어에게 패한다는 것은 미 특수부대 출신이라는 야곱의 자존심이 허락치 않았다.

전력 투구를 하기 시작한 것이다.

저 발끝에 급소를 찔리면 끝이다.

초이는 날카로운 공격을 번번히 피했지만, 이미 옆구리와 발등에 타격을 받은 탓에 동작이 전처럼 매끄럽지 못했다.

핏!

야곱의 발의 측면이 초이의 왼뺨을 스쳤다.

피부가 갈라지며 피가 튀었다. 마치 칼날에 당한 듯한 느낌이었다.

카포에라와 사바테는 발차기를 위주로 하는 무술이며 카포에라는 브라질이 종주국이다.

옛날 서구 열강들의 지배를 받을 때, 노예들이 독립운동을 하기 위해 비밀리에 수련한 무술이라고 보면 된다.

노예라서 손이 항상 수갑에 묶여 있는 탓에 발동작만 연습하다 보니, 발차기 위주가 된 것이었다. 주인의 감시가 워낙 삼엄해서 무술 연습하는 티를 낼 수 없었기 때문에 마치 발을 이용해서 춤을 추는 것처럼 연습을 했던 것이다.

발동작에만 치중하다 보니 실전에서는 효율이 떨어지게 마련이었다.

그렇다고 해서 카포에라를 만만하게 봤다가는 크게 다칠 수도 있었다.

길거리 파이터인 초이의 감각은 예리했다.

둘은 다시 허점을 노리고 빙글빙글 돌았다.

번쩍하더니 야곱의 발이 초이의 턱을 노리고 정확하게 날아 들어갔다.

'끝났다.'

노라는 그렇게 생각했다.

야곱의 발차기를 턱에 맞고 쓰러지지 않는 사람은 본 적이 없었다. 그런데 노라의 생각은 틀렸다.

뒤로 한걸음 물러서더니 곧 자세를 잡는 것이다.

"엥?"

카메라를 찍던 노라의 눈이 휘둥그레졌다.

초이는 실전을 통해 익힌 솜씨였다. 더욱이 초이의 시각은 아주 남달랐다.

피할 수 없다는 것을 알자, 턱을 뒤로 빼며 발차기 방향으로 같이 턱을 틀어 빗맞게 해서 충격을 줄였던 것이다. 하지만 인체에서 맷집이 가장 약한 부분이 턱이다.

더욱이 주먹보다 통상 세 배나 강하다는 발에 맞은 데미지는 상당히 컸다.

초이는 기회를 놓치지 않고 계속되는 야곱의 공격을 계속 뒤로 물러나며 피하기만 했다.

데미지를 회복할 시간을 조금이라도 더 벌어보고 싶다는 생각일까?

그것까지는 알 수 없었지만, 야곱의 발차기는 계속 위협적으로 파고

들었다.

얼핏 보기에는 야곱의 일방적인 공격이었다.

초이는 계속 밀리고만 있었다.

야곱의 발차기는 정말 춤동작 같았다. 춤을 추는 것처럼 연습을 해야만 했던 카포에라의 슬픈 역사를 보는 듯했다.

사바테의 발차기가 펜싱의 찌르기를 연상시킨다면, 카포에라의 발차기는 좀 격렬한 발레 정도 된다고 보면 된다.

노라는 춤과 비슷한 무술이라는 점에서 우리 나라의 택견이 생각났다.

발차기를 위주로 한다는 것이 차이점이긴 하지만…… 노라는 MP3에 대고 순간적으로 떠오르는 느낌들을 말로 해서 녹음시켰다. 기사를 작성하기 위해서였다.

그런데 어느 순간이었다.

계속 밀리기만 하던 초이가 갑자기 두 다리를 다리찢기처럼 양쪽으로 쫘악 벌리면서 위로 도약하는가 싶더니 그대로 몸을 회전시키면서 오른발로 야곱의 턱을 가격했다.

야곱도 얼른 피했지만, 약간 빗맞기는 했다.

허공에 뜬 상태에서 착지도 하지 않고, 저런 공격을 이어서 할 수 있다니!

야곱은 물론, 노라와 멍키영감, 마사오도 놀라움을 금치 못했다.

발차기로 한 번씩 서로 사이좋게 얻어맞고 때린 것이다.

이제까지 계속 밀리기만 하던 초이는 이제까지의 열세를 만회하기라도 하려는 듯 맹렬한 공격을 퍼부었다.

아마도 좀 전까지는 생소했던 카포에라와 사바테의 공격의 감을 제대로 잡지 못해서 초이의 공격이 부실했던 것 같았다.

마치 수를 다 읽은 듯 초이의 공격은 야곱의 공격을 피하면서도 맹렬하게 몰아대고 있었다.

초이의 동작 하나하나는 마치, 영화 속의 한 장면 같았다.

야곱이 당황하는 기색이 역력했다.

초이의 공격은 파괴적이면서도 빨랐다.

야곱의 발차기는 번번이 봉쇄를 당했기 때문에 발동작은 거의 위력을 발휘하질 못했다. 아니, 발차기를 날릴 공간조차도 제대로 확보를 못하고 초이에게 밀리고 있었다.

"됐다, 그만!"

그때 멍키영감이 대련을 스톱시켰다.

자칫 잘못하다가는 둘 중 하나가 크게 다칠 수도 있겠다는 생각이 들었기 때문이다.

"그 정도면 충분해."

노라는 길게 한숨을 쉬었다.

"야, 임마 마사오, 고기가 다 탄다. 어서 뒤집어."

고기 타는 냄새가 풍겼다.

둘의 대결을 보느라고 고기를 뒤집는 것을 깜박 잊어버린 것이다.

땀을 닦는 초이에게 멍키영감은 다가가서 어깨를 툭툭 쳤다.

"제법이다, 수고했어."

"트레이닝 계획이 잡힌 겁니까?"

"오냐, 항상 자만하지 마라, 야곱이 블랙드래곤에게 손도 써보지 못하고 한 방에 뻗었던 걸 기억하고 말야."

초이는 담담하게 고개를 끄덕였다. 그것 역시 초이의 달라진 변화였다. 전 같으면 초이는 블랙드래곤의 이름만 나와서 경기를 일으켰을 것이다.

"우선, 내게 세계 종합격투기 선수들의 모든 경기 자료가 있다. 시뮬레이션으로 시합에 패한 선수가 네가 되도록 입력을 할 것이다."

"그리구요?"

"한 게임 한 게임마다 가상 경기를 치른 후 이미지 트레이닝을 하는 것이다."

"이미지 트레이닝… 이라뇨?"

"예를 들어 네가 골프선수라고 치고 눈을 감고 멋진 폼으로 자신의 스윙을 상상해 보는 거다. 그리곤 그 공이 그린에 떨어지는 상상을 하는 거야. 그런 후 골프채를 휘두른다면 생각없이 휘두른 스윙과는 전혀 다른 양상을 갖게 될 것이다. 그게 이미지 트레이닝이라고 보면 된다. 즉, 다시 말해 이번엔 입장을 바꿔놓고, 이긴 쪽의 입장이 되어 상대방을 쓰러뜨리는 것을 상상한단 말이다."

"복잡하군요."

"복잡하긴 뭘 복잡해, 임마. 네 머리는 현재 아인슈타인보다 더 좋아."

"에?"

"그런 게 있어. 좌우지간 그런 후에 실제로 다시 이긴 쪽의 선수가 되어 똑같은 시합을 벌이는 것이다. 그렇게 되면 네가 상상한 것과 어떻게 다른지 분명한 차이를 느끼게 될 것이야, 이해하겠냐?"

초이는 고개를 끄덕였다.

"처음 듣는 훈련 방법이군요."

"시뮬레이션으로 하루에 다섯 명의 이종격투기 선수들과 시합을 벌이는 거다.”

“다섯 명씩이나요?”

“백문이 불여일견, 백견이 불여일행이다, 이놈아. 직접 부딪쳐 보고, 그들을 쓰러뜨릴 방법을 찾고, 네게 필요한 것이 무엇인지 네가 직접 찾아내야 한다.”

“절 직접 트레이닝 해주신다고… 전에 그렇게 말씀해 주신 걸로 기억합니다만.”

“이놈아, 외공은 네가 알아서 해, 내공만큼은 복잡한 것이니까 내가 지도를 한다.”

“내공이라뇨? 설마 중국 영화에 나오는 장풍 쏘는 걸 말하는 겁니까?”

“오냐, 비슷한 거다.”

“그런 게 있긴 정말 있습니까?”

“있다.”

멍키영감은 단호하게 대답했다.

“증명하실 수 있습니까?”

“할 수는 있다, 후회 안 할래?”

“후회라뇨? 영감님이 장풍을 제게 쏘시게요?”

“아니, 저 여자.”

멍키영감은 손을 들어 앞을 가리켰다.

그 손끝은 모닥불 앞에 멍하니 앉아 있는 중국 여자. 바로 포숙정을 가리키고 있었다.

초이는 의아한 얼굴로 물었다.

“저 여자가 장풍을 쏠 줄 압니까?”

"오냐, 남들은 방한화에 히팅 내복에 조끼, 방한복을 입고도 추위를 타는 것이 이 시베리아 날씨다. 저 계집애를 보고 이상한 것 못 느끼느냐?"

그랬다. 얇은 비단 신을 신고 있었으며 얇은 비단옷만 입고도 전혀 추위하는 기색이 없었다.

멍키영감은 들고 있던 지팡이를 초이에게 툭 던졌다. 그리고는 정색을 하고 말했다.

"지팡이로 어깨를 내려쳐라. 단, 세게. 그녀가 살기를 느끼도록."

"……."

초이는 어이가 없었다.

그건 야곱 역시 마찬가지였고, 비디오 캠을 찍고 있던 노라 역시 마찬가지였다.

"어서 이놈아!"

멍키영감은 버럭 소리를 질렀다.

초이는 망설이다가 자신도 모르게 얼떨결에 지팡이를 주워 들었다. 그리고는 마른침을 삼키면서 숙정의 뒤에 섰다.

숙정은 아무것도 느끼지 못한 듯 낚시 의자 같은 야외용 의자에 마네킹같이 앉아서 불꽃만 바라보고 있을 뿐이었다.

딱!

"윽!"

숙정은 초이가 내려친 지팡이에 어깨를 맞고는 나직한 비명을 지르며 의자에서 미끄러져 떨어졌다.

"……!"

초이는 안색이 일그러져서 당황해 어쩔 줄 몰랐다.

"이놈아, 살기를 느끼도록 온 힘으로 후려치라고 이야기했잖느냐!"

사실 초이는 툭 건들기만 해도 부러질 것 같은 여자를 도저히 세게 칠 수가 없었다.

그래서 그냥 아이들을 때리듯 그냥 때린 것이다.

"무슨 짓이에요! 아무리 그렇다 해도 무방비 상태인 여자를 뒤에서 치다니!"

마침내 보고 있던 노라가 참지 못하고 빼액 비명을 질렀다.

그때 숙정이 확 몸을 돌렸다.

초이를 보는 그녀의 얼굴엔 살기와 노기가 떠올라 있었고, 초이를 향해 허공을 격하고는 손바닥을 앞으로 휙 내밀었다.

초이는 눈앞의 내리던 눈들이 휘감기는 것을 본 순간 가슴에 엄청난 충격을 받았다.

퍼엉!

북 터지는 듯한 소리와 함께 초이는 두 발이 들려 뒤로 죽 밀려 날아갔다.

콰앙!

그리고는 차에 곤두박질해서 처박혔다.

초이는 통나무에 정통으로 얻어맞은 듯한 충격을 느꼈고 눈앞이 아찔해지며 목구멍으로 뭔가 치밀어 올랐다.

"와악!"

그리고는 피를 한 모금 왈칵 내뿜었다.

이 돌연한 사태에 모두들 경악해서 입을 딱 벌렸다.

모두들 분명히 중국 여자가 허공에 손을 휘젓는 것을 본 것이 전부였다.

"……!"

숙정은 멍청하게 서 있었다.

자신이 무슨 짓을 한 것인지 깨닫지 못한 것이다.

第2章
훈련(訓練)
Les fléaux passées diminue
6651

Act *1*

Puis de nouveau les guerres suscitees.

"영감님, 미쳤어요? 무슨 짓을 하는 거예요!"

노라는 기침을 하면서 한 모금의 붉은 피를 토해놓는 초이를 보고는 기겁해서 자신도 모르게 소리를 빽 질렀다.

"다 죽어가던 사람을 겨우 살려놓고 또 죽일 셈이냐구! 아직 완쾌된 것도 아닌데 말예요!"

"주둥이 닥치고 있어! 끼어들지 말고, 이 잡것아!"

"잡것이나마나 제정신으로 하는 짓이냐구요!"

멍키영감은 대답 대신 쟈코브 말릭을 돌아보고는 정색한 얼굴로 명령을 내렸다.

"야곱, 저 여자를 공격해라."

"예?"

야곱이 어리둥절한 얼굴로 멍키영감을 돌아봤다.

"귓구멍이 포경이야? 중국 계집애를 공격하라구, 멍청아!"

멍키영감은 어느 틈에 가지고 나왔는지 기다란 블래스터 장창을 야곱에게 던지면서 소리쳤다.

초이가 전쟁터에서 노획한 후에 멍키영감에게 팔아먹었던 기사들의 무기였다.

"저 여자는 정상이 아니잖습니까. 더군다나 이건……."

야곱은 당혹스런 얼굴로 장창을 내려다보면서 더듬거렸다.

"토 달지 말고 공격하라면 공격해! 너 같은 녀석은 열 명이 한꺼번에 달려들어도 저 중국 계집애를 못 당해!"

야곱은 기가 찼다.

바람 불면 꺾어질 것 같은 가냘픈 여자에게 자신 같은 덩치가 열 명이 달려들어도 못 당한다니!

"어서! 베라무글 놈아!"

야곱은 하는 수 없이 떫은 감 씹은 얼굴로 장창을 부웅부웅 소리나게 돌리면서 숙정에게 다가갔다.

창백한 얼굴로 멍청하게 서 있는 숙정에게 자신이 접근한다는 것을 알리기 위해서였다.

한 줌 거리도 안 되는 가냘픈 여자에게 무턱대고 무기를 휘두른다는 것이 말이나 되는가 말이다.

하지만 야곱 역시 초이가 포숙정의 손바닥에 날아가는 것을 두 눈으로 똑똑히 지켜본 터라서 어느 정도의 경각심은 가질 수밖에 없었다.

"공격하겠소."

숙정은 뒤에서 들리는 소리에 움찔하고는 고개를 돌렸다.

부웅!

느리지도, 빠르지도 않게 장창이 허공을 가르고는 숙정의 허리를 쓸어갔다.

숙정은 당황한 낯빛으로 뒤로 물러났다.

"빌어먹을! 놀아라, 놀아. 춤추냐, 이놈아! 액션 제대로 하지 못하겠냐!"

멍키영감이 핏대를 올리면서 소리를 버럭버럭 질러댔다.

'이젠 욕까지 상습적으로 하는군. 미치겠네!'

야곱은 어물쩍대다가 욕까지 얻어먹자 부아가 치밀었다. 하지만 그렇다고 멍키영감에게 반항하거나 대들 처지는 아니었다. 자신의 상처를 치료해 준 데다가 지금은 얹혀서 모스크바로 가는 처지 아닌가 말이다.

'에라, 모르겠다!'

울며 겨자 먹기 반 울화통 반으로 장창을 마구잡이로 휘둘러 숙정에게 공격을 시작했다.

쐐액! 쐐액!

야곱의 공격하는 속도가 빨라지기 시작했다.

"옳거니! 진작에 그랬어야지! 그 버전으로 계속 밀어붙여!"

당황한 안색으로 이리저리 몸을 움직여 창을 피하는 숙정의 이마에 땀이 송골송골 맺히기 시작했다.

"초이, 네놈도 달려들어 공격해라!"

멍키영감은 들고 있던 티타늄 장검을 초이 쪽으로 던졌다.

"영감님, 미쳤어요!"

다시 노라가 소리를 빽 질렀다.

"당장 그만두지 않으면 여성인권 협회에 고발을 하겠어요! 중국 신화일보에도 고발하……! 윽!"

채 말이 끝나기도 전에 한 덩어리의 눈뭉치가 노라의 얼굴을 덮었다.

퍽퍽!

"요 베라묵을 논. 주둥이 다물라고 몇 번을 말해야 알아듣냐!"

멍키영감은 발로 노라의 엉덩이를 마구 걷어차면서 밀어냈다.

"아니, 처녀 방뎅이를?! 미쳤냐, 이 영감탱아! 차라리 죽여라, 죽여!"

노라는 화가 머리끝까지 올라서는 꽥꽥 소리를 질러대며 팔을 걷어붙였다. 여차하면 영감님과 한판 뜰 기세였다.

"내 별명이 뭔지나 알아? 괜히 쓰레빠로 콱인 줄 알아!"

노라는 멍키영감의 대갈통을 한 방 갈길 생각으로 방한 부츠를 쑥 뽑아 들다가 찔끔했다. 코앞에 불쑥 디밀어진 총구를 발견한 것이다.

"뭐? 영감탱이? 나한테 꼬장 부리는 거냐, 시방?"

철컥!

멍키영감은 카라쉬니코프 소총의 노리쇠를 장전하면서 살기등등하게 을러댔다.

"으학! 취, 취소예여!"

노라는 두 팔을 번쩍 들면서 비명을 질렀다.

카카카캉!

총구가 불을 뿜었고 노라의 주변으로 땅거죽이 콩 볶듯 튀어 올랐다.

"꺼지면 대자나여! 엄마야!"

머리를 감싸 쥐고는 꼬리에 불붙은 여우마냥 후다닥 도망가는 노라의 등 뒤 허공에다 대고 멍키영감은 총을 갈겨댔다.

"네놈은 뭐 하고 있어?!"

카카카카캉!

멍키영감은 총구를 돌려 초이 주변으로 마구 갈겨댔다.

“윽!”

초이는 얼떨결에 자신이 멍키영감에게 팔아먹었던 티타늄 장검을 집어 들었다.

“중국 계집애의 진정한 솜씨를 보고 싶다면 인정사정 두지 말고 공격을 해보란 말야, 이놈아!”

“아, 알았다구요! 그러다 유탄에라도 맞으면 어쩌려고 그래요! 그만해요!”

초이는 비명을 지르면서 포숙정 쪽으로 달려갔다.

“하지만 맨손인 여자를 어떻게…….”

“앞으로 한 마디만 더 말대꾸하면 네놈 대가리를 겨누고 쏴버릴 테다! 공격해!”

멍키영감은 총을 겨냥하면서 소리를 질렀다.

“공격하잖아요! 젠장할!”

초이는 야곱과 마찬가지로 포숙정을 향해 장검을 마구잡이로 휘두르며 비명을 질렀다.

결국 양쪽에서 협공을 받게 된 숙정은 더욱 당황했고 얼굴이 빨갛게 달아올라서 허우적거리면서 창과 장검을 피하느라 진땀을 흘렸다.

찌익!

순간 초이가 휘두른 칼끝이 숙정의 앞가슴 섶에 걸려 비단옷이 날카로운 소리를 내며 찢겨졌다.

숙정은 흠칫하고 자신의 가슴을 내려다보았다.

동시에 야곱이 수직으로 내려친 장창이 숙정의 머리를 내려쳤다.

숙정은 자신의 가슴에 시선이 가면서 미쳐 야곱의 장창 공격을 순간적으로 보지 못한 것이다.

　야곱은 자신도 모르게 비명을 토하면서 장창을 옆으로 비켜 내려치려 하였지만 이미 늦었다는 것을 직감적으로 깨닫고는 눈을 질끈 감았다.
　"미친 영감탱이 같으니. 반드시 고발하고 말 거야."
　노라는 이를 갈아붙이며 멀찍이 버스 뒤에서 비디오 캠을 찍다가는 눈이 휘둥그레졌다.
　야곱의 장창이 숙정의 두개골을 박살 낼 듯이 후려쳐 가고 있었던 것이다.
　"퍽!"
　"아악! 안 돼!"
　자지러질 듯한 노라의 비명과 마치 수박이 터지듯 둔탁한 소리가 들린 것은 동시였다.
　두 주먹을 불끈 쥐고 눈을 부릅뜬 멍키영감은 온몸이 굳어지는 듯한 희열을 느꼈다.
　'옳거니!'
　야곱이 내려친 장창은 숙정의 머리 한복판을 정확하게 때린 채 멈추어져 있었다.
　숙정은 머리를 맞은 채 크게 놀란 눈으로 자신을 때린 야곱을 돌아보고 있었다.
　야곱의 덩치와 완력으로 후려친 장창의 위력이라면 숙정의 머리는 두부처럼 깨져 있어야 했다.
　그러나 숙정의 머리는 멀쩡했다. 아니, 자세히 보니 멀쩡한 것은 아니었다.
　가느다란 선혈이 백옥 같은 이마를 타고 실낱처럼 흘러내리고 있었던 것이다.

숙정의 눈은 순간적으로 분노와 살기로 번쩍였다.

그랬다.

정상적인 숙정의 상태였다면 숙정의 몸을 보호하고 있는 호신강기가 장창을 튕겨 버렸을 것이다.

하지만 비정상적인 지금의 상태에서는 최소한의 반탄강기만이 작용을 했기 때문에 작은 상처를 입은 것이었다.

숙정의 손이 번쩍 휘둘러졌다.

따앙!

앞으로 내밀고 있던 야곱의 장창이 두 동강 나면서 멀리 튕겨 날아갔다.

야곱은 팔이 떨어져 나갈 것 같은 충격에 자신도 모르게 뒤로 몇 걸음 물러났다.

장창이 손아귀에서 튕겨지며 손바닥이 얼얼했다. 두툼한 가죽 장갑을 끼고 있지 않았다면 손바닥이 찢어졌을 정도의 강한 충격이었다.

그러나 정작 놀란 것은 그 다음이었다.

숙정의 발끝이 바닥을 차는가 싶더니 공중으로 쑥 올라가는 것이 아닌가.

야곱과 숙정과의 거리는 육 내지 칠 미터 남짓했다.

패액!

순식간에 허공을 도약해서는 번쩍 하고 덮쳐 내리면서 숙정의 발이 야곱의 머리를 향해 날아들었다.

야곱은 본능적으로 위험을 느끼고는 가드를 올려 두 팔로 머리를 보호했고 숙정의 족(足)은 야곱의 두 팔에 작렬했다.

쾅!

굉장한 소리가 났다.

야곱이 입고 있던 오리털 야전 점퍼의 팔뚝이 터져 나가면서 오리털이 사방으로 눈처럼 어지럽게 비산했다.

야곱의 몸은 숙정의 엄청난 힘에 밀려 옆으로 날아갔다.

선 자세 그대로 두 발이 들려진 채 몸이 옆으로 휘어질 정도의 위력이었다.

오륙 미터를 옆으로 날아가서는 거세게 곤두박질하면서 눈 위를 몇 바퀴나 공처럼 굴렀고 그 후에야 몸이 멈춰졌다.

초이는 자신도 당했지만 야곱이 당하는 것을 보고는 눈이 휘둥그레졌다.

막상 더 놀란 것은 그 다음이었다.

숙정의 몸이 허공에서 비틀리며 흔들리는가 싶더니 곧바로 방향을 바꿔 초이 쪽으로 번쩍 하고 날아오는 게 아닌가!

마치 허공에 무형의 벽이라도 찬 듯이 더욱 높이 떠오르면서 포물선의 궤적을 그리면서 먹이를 향해 달려드는 맹수처럼 덮쳐 내린 것이다.

물리학의 법칙을 무시한 행동이었다.

하지만 더 이상 놀라고만 있을 형편이 아니었다.

쐐액!

허공을 가르고 날카로운 파공성을 내면서 숙정의 발길이 초이에게 날아들었기 때문이다.

야곱을 공격했던 발길질보다 더욱 무서운 공격이었다.

초이는 허리를 뒤로 다급하게 젖혀 숙정의 발끝을 반사적으로 피했다.

타앙!

단발의 총성이 울렸다.

"그만! 바오샤우딩! 거기까지다!"

멍키영감이 부른 자신의 이름에 숙정의 몸이 움찔하는 듯싶더니 바닥에 가볍게 착지했다. 그리고는 혼란스런 얼굴로 멍키영감을 돌아봤다.

"널 해치려고 그런 게 아니란 말야. 그쯤 해두라고! 차 안에 들어가서 차라도 한 잔 마시면서 쉬라고. 마사오가 중국차를 끓여줄 거야."

멍키영감은 숙정에게 달려가서는 손녀를 대하는 듯한 모습으로 숙정의 어깨를 다독였다.

숙정의 시선이 흔들리는가 싶더니 다시 백치처럼 온순한 얼굴로 바뀌기 시작했다.

"마사오, 주방 위쪽 선반에 중국 차와 다기(茶器)가 있을 거다. 숙정에게 한 잔 주렴."

"아, 알겠습니다."

마사오 역시 이 상황을 넋 놓고 지켜보다가 정신을 차린 듯 대답을 하고는 차로 달려갔다.

"누나, 왜 그러고 있어요?"

입을 벌리고 멍청한 얼굴로 서 있는 노라의 옆을 지나치면서 마사오가 말했다.

"지금…… 저 중국 여자 하늘을 날아다녔지?"

"누나도 봤어요?"

"귀, 귀신은…… 분명 아니지?"

"모르겠어요. 그건 누나가 알아서 판단해요."

마사오는 고개를 절레절레 흔들더니 차 쪽으로 뛰어갔다.

노라는 얼빠진 얼굴로 더듬거리며 바닥에 떨어뜨린 비디오 캠을 집어 들었다.

사람이 날다니! 그것도 허공에서 방향을 맘대로 바꿔서 다시 날아간다는 게 말이나 될법한 일인가!

와이어 선을 등짝에 붙이고 크레인에 매달려 붕붕 날아다니는 중국 영화 촬영 장면도 아니고 말이다.

더군다나 맨손으로 기사들의 장창을, 티타늄으로 되었다는 창을 두 동강 낸다는 건 또 뭐가 말이다.

자신의 뺨을 꼬집고 머리카락을 잡아당겨 보았지만 분명 꿈은 아니었다.

'앗차!

순간 노라는 속으로 비명을 질렀다.

비디오 캠을 떨어뜨려 정작 중요한 장면을 녹화하지 못했던 것에 생각이 미쳤기 때문이다.

특종이 될 만한 장면을 또 놓친 것이다.

캠에 녹화된 것을 방송국에 보내도 반신반의할 판에 자신이 목격했다고 기사를 써 보내봤자 누가 믿겠는가.

"끄아아아아!"

거품을 물고 괴성을 질렀다.

"아우, 씨! 대가뤼 쥐나네."

노라는 머리털을 쥐어뜯으며 괴로워했다.

"네놈 눈으로 똑똑히 봤겠지?"

초이는 멍키영감의 질문에 할 말을 잊고 야곱을 돌아봤다.

야곱은 팔이 몹시 고통스러운 듯 팔뚝을 쓰다듬으면서 어깨를 으쓱할 뿐이었다.

포숙정의 발길질을 막은 야곱의 두 팔뚝은 시커멓게 멍이 들어서는 퉁퉁 부어올라 있었다.

"영화에서만 장풍 쏘는 게 있는 줄 알았지? 실제로 맞아본 소감이 어떠하더냐?"

"공중을 날아온 건 뭐고 거기다 공중에서 방향을 바꾼 것은 뭡니까?"

초이는 대답 대신 질문을 했다.

"그게 흔히들 알고 있는 경공법, 내지는 경신술이라고 하는 것이다. 그것 역시 내공을 바탕으로 펼칠 수 있는 기술이기도 하다."

"……."

"너희 눈으로 확인했다시피 내공이라는 것은 분명히 존재한다."

"그럼 저 중국 여자가 소위 말하는 절세고수란 말입니까?"

"나도 실제로는 처음 봤으니 절세니 뭐니까지는 잘 모르겠으나 고수임에는 틀림없다."

"내공을 익히면 장풍을 쏘고 허공을 날 수 있단 말이지요?"

초이는 놀란 눈으로 다짐을 하듯이 물었다.

"그녀의 대뇌피질에 기억된 기억들을 해킹한 결론에 따르면…… 음, 당연하다."

초이는 고개를 끄덕였다.

"그럼 영감님도 그 내공을 가지고 있습니까?"

"내가?"

멍키영감은 뭔 귀신 씨나락 까먹는 소린가 싶어 멀뚱한 얼굴로 초이를 바라봤다.

"내공도 없으면서 절 가르칠 수 있겠냐구요."

"야, 이놈아! 내가 전에 뭐라고 말했어! 조선공학과 교수가 배 만들어? 건축사가 노가다 뛰면서 집 짓느냐고! 설계도면만 정확하게 그리면 그 밑에 있는 인간들이 그걸 보고 유조선 만들고, 유람선 만들고, 빌딩 짓고, 창고 짓는 거여, 이놈아!"

Act *2*

Puis de nouveau les guerres suscitees.

Puis de nouveau les guerres suscitees.

같은 시간.

한국에는 메가톤급 핵폭발과 비견될 만한 사건이 네티즌들을 연일 강타하고 있었다.

그것은 바로 초이와 블랙드래곤인 유한상에 관한 소식 때문이었다.

노라 킴의 홈페이지에 연재 식으로 매일 시시각각 연이어 올라오고 있는 기사는 가히 상상을 초월할 정도의 대사건이었다.

대한민국의 젊은이들 전체를 흔들어놓을 만한 소식들이었다.

각 신문사와 방송사들은 메가톤급 기사의 진원지를 찾아내서 그 사실 여부를 파악하기에 정신이 없었다.

노라 킴의 홈페이지를 방문하는 사람들의 조회수는 연일 최고를 기록을 갈아치우고 있었다. 각 검색 포탈 사이트의 인기 검색어에서 노라 킴은 계속 톱(Top)을 기록했다.

러시아와 중국의 전쟁터인 시베리아 전선에서 등장한 블랙드래곤의 존재는 이미 세계에서 유명해진 상태였다.

그런데 그 블랙드래곤이 한국인 이었다니!

쇼킹과 경악 그 자체였다.

더군다나 초이와 블랙드래곤과의 얽힌 은원 관계에 대한 글이 홈페이지에 오르자 온 네티즌들은 들끓기 시작했다.

젊은이들 사이에서의 화제는 온통 초이와 블랙드래곤에 관한 것들 뿐이었다.

또한 그 둘의 신분이 밝혀지자, 그 둘을 알고 있던 동창들이나 친구들은 모두 한 마디씩 노라의 홈피 게시판에 댓글을 올렸으며 그 또한 불 난 곳에 기름을 부은 듯한 꼴이 되었다.

초이와 초, 중, 고등학교 동창들은 각자 자신들이 보았던, 그리고 알고 있던 최정에 대해 한 마디씩 댓글을 올려놓았고, 그 댓글 수가 칠팔천 건에 이르더니 급기야 만 단위를 넘어서기 시작했다.

입에서 입으로 퍼져 온통 나라가 술렁댔다.

또한 노라 킴의 홈페이지에서는 러시아에서 활약 중인 블랙드래곤의 정체에 대해서도 아주 리얼리티하면서도 치밀하게 소식을 전하고 있었던 것이다.

각 방송사들은 초이와 블랙드래곤 유한상의 청소년 시기의 동창들이나 친구, 은사들을 찾아내서는 인터뷰를 했고 또한 유한상을 재판했던 김기출 부장판사나 변호사, 그리고 사형 집행을 했던 집행관들까지 인터뷰해서 다른 신문사나 잡지사들에 뒤질세라 뉴스로 보도하기 시작했다.

신문이나 월간지, 주간지 등에서 초이와 유한상에 관한 글들이 연이어 특집으로 올랐다.

초이가 러시아 정부와 교황청의 기사 시험 예선전에 합격하고 일시적인 면책특권을 받았다는 소식과 블랙드래곤과 맞붙어 싸우다 가사 상태에 이르렀고 식물인간이 되었다는 기사가 올라왔을 때의 조회수는 인터넷 사상 최고치의 조회수를 기록하며 절정을 이뤘다.

그러고도 계속 조회수는 한계가 없이 계속 치솟고 있었다.

초이의 회복을 위한 촛불 기도집회 운동이 네티즌들 사이에 번지기 시작했다.

또한 러시아 주재 한국 대사관으로 초이에게 전달해 달라면서 한국 사람들이 보낸 위문편지들과 위문품들이 산더미같이 쌓여갔다.

주로 인삼이나 산삼, 영지, 백복령, 송이버섯 등 진귀한 한약재들이 그 주요 종류들이었다.

그리고 초이가 다시 되살아났다는 소식을 올렸을 때는 한꺼번에 접속자수가 몰려서 결국 서버가 다운되어 버렸다.

노라 킴으로선 그야말로 대박이었다!

노라의 예측했던 대로 각 방송국과 신문사에서는 노라와 접촉하기 위해 몸이 달아 있었다.

처음에는 노라의 신분을 파악하기 위해 르몽드에 연락을 취해 노라와 직접 통화하거나 만나고 싶다는 공문을 보냈지만 르몽드에서는 현재 노라 킴은 시베리아 전쟁터에 종군기자로 나가 있기 때문에 연락이 되지 않는다고 정중하게 거절의 답장이 왔던 것이다.

노라 킴의 신분이 확실해진 것이다.

그리고 그녀의 홈페이지에서 주장하고 있는 대로 대단한 활약을 벌였던 민완 기자였음이 밝혀짐에 따라 그녀의 명성은 더욱 높아갔다.

노라와 채팅으로 사귀어 깊은 관계까지 갔다고 주장하는 녀석들이 여기저기서 나타났고, 사실을 확인해 본 결과 씌레빠로콱이란 별명이 노라의 대화명이었다는 것이 밝혀졌다.

그녀의 문란했던 과거가 밝혀졌지만 그것은 도리어 그녀의 인기를 부추겼다.

솔로의 자유를 누리고 있는 그녀에게 여자들이 박수갈채를 보냈던 것이다.

졸지에 세 명의 스타가 탄생한 것이다.

초이, 블랙드래곤, 노라.

결국 각 메스컴에서는 노라와 접촉할 수 있는 방법이 없자 그녀의 홈피 게시판에다가 연락을 취하고 싶다는 글들과 전화번호를 남겼지만 노라로부터는 그 어떤 답변도 없었다.

그러자 각 방송국들은 직원들에게 지상 명령을 내렸다. '러시아에 있는 초이의 행방을 찾아라!' 또한 초이의 행방과 소재지를 알려주는 사람에게 막대한 상금을 주겠다는 현상금까지 걸었던 것이다.

또한 기사단 선출 대회에 세계적으로 유명한 선수들이 몰릴 거라는 소문 때문에 각 방송사들은 특별 취재반을 만들어 러시아로 파견하기에 이르렀다.

정작 이 사실을 모르고 있는 것은 초이와 블랙드래곤 본인들 뿐이었다.

초이는 컴퓨터와는 거리가 멀었고, 블랙드래곤은 현재 생사가 불투명한 채 사경을 헤매고 있었기 때문이다.

모두들 노라의 새로운 글이 올라오기를 기다렸다. 네티즌들은 게임을 하면서도 종일 노라의 홈피를 클릭해 대고 있었다.

하지만 한동안 노라의 글은 올라오지 않고 있었다.

빨리 글을 올리라는 독촉의 댓글들이 수백, 수천 개씩 올리면서 난

리법석들을 떨었지만 노라의 글은 좀처럼 올라오지 않았다.

　그럴수록 자신의 값이 천정부지로 오르고 있다는 것을 노라는 그 누구보다 잘 알고 있었다.

　"케케케! 욘넘들아, 미안하다. 좀 더 애간장들을 좀 타봐라. 이 언니도 겁나 추운 시베리아에서 고생을 하구 있잖니? 큭큭."

　노라는 노트북에 핸디 21로 인터넷과 연결해서 자신의 홈피에 올라온 글들을 들여다보다가 기괴한 웃음을 연방 터뜨렸다.

　"무슨 웃음소리가 그래?"

　운전대를 잡고 있던 쟈코브 말릭, 즉 야곱은 느끼한 표정으로 노라를 돌아봤다.

　"돈이 보이잖아효, 해해."

　"쩝."

　야곱은 할 말 없다는 표정으로 입맛을 다셨다.

　"이봐요, 야곱. 당신을 평생 보디가드로 채용하고 싶은데 당신 생각은 어때요?"

　야곱은 의아한 얼굴로 반문했다.

　"나를 평생 고용한다구? 노라 집이 부자인가?"

　"아뇨."

　"그런데?"

　"난 곧 백만, 아니, 천만장자가 될 테니까."

　"풋."

　야곱은 실없는 웃음을 터뜨렸다.

　"웃지 마요! 농담으로 하는 이야기 아니라구여!"

"백만장자고 억만장자고 간에 지금 내 가장 큰 고민은 당장 일자리를 잃어버리게 된다는 거야."

야곱은 걱정된다는 표정으로 말했다.

"일자리를 잃다뇨? 나를 경호하는 일 말인가요?"

"당연하지, 모처럼 좋은 보수를 받고 시작한 일인데 말야. 노라는 자신의 신분을 잊어버리고 있는 것 같아."

노라는 모니터를 보고 있다가 야곱의 말에 멈칫 고개를 돌렸다.

"무슨 뜻이죠?"

"노라는 종군기자야, 전쟁터에 있어야 한다고."

"그래서요?"

"여기가 전쟁터라고 생각해?"

모스크바로 향하고 있는 중앙 시베리아의 설원의 야경은 평화로웠다.

휘영청 밝은 만월은 눈부신 설원을 덮고는 푸른색을 띠고 있어 태초의 고요함을 그대로 나타내고 있어서 전쟁과는 거리가 멀었다.

그런 곳을 멍키영감의 딱정벌레처럼 기괴하게 생긴 거대한 캠핑카가 유유히 달리고 있었던 것이다.

"난 르몽드로부터 종군기자로 파견된 노라를 보호하기 위해 여기 있는 거지, 엉뚱한 사람들을 취재하고 있는 노라를 보호하기 위해 여기에 있는 것은 아니란 말야."

"그럼, 지금 일을 그만두고 싶으세요?"

"오우, 노! 결코 그런 것은 아냐. 오히려 초이나 멍키영감, 중국 여자와 같이 행동하는 것이 정말 흥미롭고 재미있다구."

"그럼 잔말 말고 운전이나 하세요. 쳇."

"내가 걱정하는 것은 노라가 회사로부터 목이 잘릴까 봐 이러는 거야."

손으로 목을 치는 제스처를 하면서 걱정스런 얼굴을 한 야곱이었다.

"그런 걱정은 붙들어 매요. 이미 회사에 허락을 받고 있는 형편이니까."

"정말이야?"

"물론이죠, 나 말고도 종군기자들은 많으니까 전쟁 취재는 그들에게 맡겨놓고 난 블랙드래곤과 초이에 대해 집중 취재만 하면 되는 거예요."

"오 마이 갓!"

야곱이 탄성을 터뜨렸다.

"정말 잘됐군! 진작 이야기할 것이지. 그동안 얼마나 걱정했다구!"

그동안 노라는 르몽드의 데스크(편집국장)와 수시로 연락을 주고받고 있었다.

노라가 초이에 대한 소식을 전하고 최고의 특종이 될 것이라고 떠들어댔을 때 그는 반신반의했었다.

초이가 장군의 아들이었다는 것이 확인되자 르몽드는 회의를 소집했고 그 결과 노라를 종군기자가 아닌 초이를 전적으로 취재하도록 명령했다.

동시에 초이에 대한 책을 쓰도록 지시했다.

세계적인 베스트셀러가 될 수 있다는 판단을 내린 것이다.

노라는 벌써부터 돈방석을 깔고 앉은 듯 붕붕 떠다니고 있었다.

'타이티나 뉴칼레도니아 같은 남태평양의 섬에 가서 이태리 대리석을 실어다가 궁전을 짓고는 잘생긴 원주민들 열댓 명을 시종으로 두고

클레오파트라같이 살 테니 두고 보시라! 쿡쿡.'

노라는 다시 노트북을 두들기면서 키득거렸다.

야곱은 할 말 없다는 표정으로 입맛을 다시고는 와이퍼를 작동시켰다.

그쳤던 눈이 다시 쏟아지기 시작해서 앞 유리에 쌓였기 때문이다.

꽈앙!

순간 소리와 함께 차가 흔들거렸다.

"뭐야!!"

노라는 본능적으로 노트북을 품에 안으면서 소리쳤다.

폭격인가 싶은 생각에 창밖으로 고개를 내밀고 하늘을 올려봤지만 백색의 설원은 조용했다.

우당탕! 콰당!

다시 차가 흔들거렸다.

"차 안에서 나는 소리야."

쿵! 쾅!

"아니, 잠 안 자고 뭔 짓을 하길래 차가 이렇게 흔들리는 거야! 야곱, 차 좀 잠깐 세워봐요!!"

노라는 차 문을 열고 밖으로 뛰어내렸다.

이렇게 큰 캠핑카가 흔들거릴 정도면 안에서 지랄발광을 떨고 있다는 이야기다.

드륵!

노라는 캠핑카의 옆문을 거칠게 열어젖혔다.

헉!

마치 개장 같은 좁은 철장 안에 초이가 들어가 있었다.

사방 2m 정도의 크기였다.

그 안에서 혼자 철장에 부딪쳐 머리를 박고 갑자기 바닥으로 뚝 떨어지고 난리 부르스를 치고 있는 것이 아닌가.

그것도 희한한 꼴을 하고 말이다.

온몸에 딱지 같은 것을 붙인 채 눈에는 고글을 쓰고 있었던 것이다.

"끄으윽!"

초이는 바닥에 엎어져서는 턱을 들어올리면서 괴성을 터뜨리고 있었다.

마치 보이지 않는 무엇이 초이의 등짝을 타고 앉아 고개를 뒤로 젖혀 잡아당기기라도 하듯이 말이다.

"쟤, 쟤 왜 저러니? 쥐약 먹였니?"

마사오는 우주 조종선 같은 전자 계기판이 가득한 앞에 앉아서 기계를 조작하고 있었다.

"쥐약요?"

마사오는 어리둥절한 얼굴로 노라를 돌아봤다.

마사오 역시 한쪽 눈을 이어폰으로 연결된 고글로 가리고 있었다.

아마 멍키영감이 만든 고글형 모니터일 것이다.

"왜 혼자 발광을 하느냔 말야."

"나가사코 쯔요시하고 싸우고 있는 거예요."

"엥?"

노라는 어리둥절한 얼굴로 초이를 돌아봤다.

그는 여전히 철장 안에서 혼자 주먹을 치고 발로 차고 괴성을 질러대고 있었다.

"누구라고?"

“일본인 격투가요, 과거에 나카사코 쯔요시와 이면주 선수 간에 벌어졌던 격투를 재현하고 있는 거죠.”

이면주 선수나 나카사코 쯔요시는 노라도 잘 알고 있었다.

격투기에 일가견이 있었기 때문이다.

“시뮬레이션으로?”

“네, 초이 형이 패배를 한 선수 역할을 맡고 있어요. 그래서 저렇게 괴로워하고 있는 거예요.”

그제야 재빠른 회전을 자랑하는 노라는 눈치를 챌 수 있었다.

초이의 몸에 붙인 딱지는 고주파 무선충격 장치일 것이다.

가상의 시뮬레이션 상대에게 턱을 맞는다면 그 강도에 맞게 턱에 고주파 충격이 가해지는 것이다.

팔을 비틀리면 어깨 부위의 전극선이 비틀리는 충격을 현실과 똑같은 고통으로 전하고 있을 것이다.

그것은 초이가 온몸의 혈관이 툭툭 튀어나오도록 이를 악물고 용을 써대는 것을 보면 충분히 짐작할 수 있었다.

레슬링 선수 같은 팬티를 착용한 초이의 온몸이 땀으로 젖어 있었고 그 바닥 역시 땀에 젖어 있었다.

“골 때리는군! 정말이지!”

노라는 자신도 모르게 중얼거렸다.

인류 최강의 격투가로 만들어준다더니 철장 속에 가둬놓고 사람을 고문하고 있는 것이다.

어쨌든 멍키영감은 이 시대 최고의 엉뚱한 발명가임엔 틀림없었다.

뇌에는 1백억 개가 넘는 뉴론들이 들어 있다.

뇌파는 0.5~50 GPFMCMDML 주파수 범위에 집중되어 있는 느리고 연속적인 전자파이다. 눈을 감고 뇌가 쉬고 있을 때에는 8~13헤르츠의 알파파.

정신을 집중하고 있을 때는 14~30헤르츠의 베타파, 깊은 수면상태에서는 0.5~4헤르츠의 델타파가 출현한다, 뇌의 활동에 따라 주파수가 다른 뇌파가 발생하는 것이다. 이러한 뇌파의 특성을 이용하여 생각만으로 컴퓨터를 제어하는 기술을 신경인터페이스(neural interface)라 하는데 이 신경조절장치를 이용하여 격투시뮬레이션을 만들어낸 것이다.

"머리를 더 들이밀어, 임마! 눈을 뜨고 상대를 패야지!"

멍키영감이 철장 옆에서 헬멧에 부착된 고글을 쓰고서는 소리를 질러대고 있었다.

"난타전에서는 맷집과 체력이 우선이야! 깡다구 센 놈이 이기는 거다! 버텨!"

하지만 이미 패배한 게임으로 프로그래밍된 상태에서는 제아무리 발버둥 쳐봤자 진다.

패배자의 고통을 고스란히 당할 뿐이었다.

결국은 바닥에 엎드린 초이가 백마운트를 당한 상태에서 비명을 질렀다.

"쥐봐! 뭐 하고 있는지 구경 좀 하자."

노라는 마사오가 쓰고 있던 고글형 모니터를 후닥 벗겨내서는 자신의 귀에 걸쳤다.

노라는 그 순간 눈이 휘둥그레졌다.

주변이 순식간에 돔경기장으로 바뀌었던 것이다.

귀의 이어폰에서는 관중들의 엄청난 함성이 서라운드로 고막을 울려댔다.

초이는 링의 한복판에서 엎드려 있었고 그 위를 올라탄 나카사코 쯔요시에게 깔린 채 마구 쥐터지고 있었다.

"저, 저런! 백마운트를 당하고 있자나!"

초이는 머리를 감싸 쥐고 방어를 하고 있었지만 소용없었다.

엎드려 있어 상대의 주먹이 어디서 날아오는지를 몰랐기 때문에 뒤에서 날아오는 주먹을 대책없이 고스란히 맞을 수밖에 없었다.

이것이 백마운트의 무서운 점이었다.

이 상태에 제대로 걸리면 열에 아홉은 레퍼리 스톱을 당할 수밖에 없다.

초이는 결국 손으로 바닥을 두드려 항복을 하는 탭을 선언했다.

자신의 의지대로 더 이상 견디지 못해 항복 선언을 하는 것이지만 실상은 그렇지 않다.

입력해 놓은 프로그래밍대로 일 초의 오차도 없이 그 상태에서 항복을 하게 되어 있는 것이었다.

멍키영감의 시뮬레이션은 인체의 오감을 완벽하게 장악하고 조종하고 있었다.

"욕봤다, 한 잔 해라."

멍키영감은 차게 냉각된 캔맥주를 초이에게 하나 내밀었다.

초이는 기진맥진한 모습으로 캔맥주를 따서는 들이켰다.

"후우."

"소감이 어떠냐?"

“묻지 말고 직접 한번 써보시죠.”

초이는 퉁명스럽게 대답했다.

“총 맞았냐, 이놈아! 내가 그걸 쓰게?!”

“그럼 물어보질 말든지요!”

“걀걀걀! 아주 된통 혼난 모양이군 그래!”

“온몸이 아직도 쑤십니다. 맞은 자리는 아직도 얼얼하구요.”

“난타전을 벌일 때 밀어내고 떨어졌어야 하는데 거기서부터 밀렸기 때문에 패배로 이어졌던 거야.”

멍키영감은 백보드판에 그림을 그리면서 싸움을 분석해 주고 있었다.

“서로 대가리를 박은 채 주먹질을 서로 하는 상황에서는 펀치의 다양한 구질과 사방에서 파고드는 집요한 펀치가 있어야 해. 밑으로 주먹을 쳐올린다든지 허리를 비틀어 상대의 턱을 친다든지 옆구리 복부 같은 급소들을 향해 본능적으로 주먹을 날려야 하는 게야. 마구잡이로 주먹을 휘두르다 당한 거다, 알겠냐?”

“압니다. 하지만 그때는 정신이 없었어요.”

“단련이 될 거다. 맞으면서도 절대 눈을 감지 않고 상대를 잡아먹을 듯 노려보게 될 거야.”

멍키영감은 손목시계를 들여다보았다.

“두 시간 후에 내공수련에 들어갈 테니까 그동안 푹 쉬어라. 수고했어.”

Act 3

Puis de nouveau les guerres suscitees.

눈발이 흩날리는 시베리아 횡단 도로에는 그곳을 빠져나오는 피난민의 이주차량들로 가득 찼고 그 반대 차선에는 러시아의 군용 트럭이며 장갑차 탱크들이 시베리아 쪽으로 끝없이 투입되어 들어가고 있어서 실로 아이러니컬하면서도 그로테스크한 광경을 연출하고 있었다.

그 가운데 크루거의 허머 지프는 가다 서다를 반복하고 있었다.

허머 지프에는 포르쉐를 싣고 있는 바퀴가 달린 작은 컨테이너가 매달려 있었기 때문에 브레이크를 밟을 때마다 이음새가 밀려서 덜컥덜컥 작은 충격이 전해졌다.

운전대를 잡고 있던 크루거는 짜증이 나서 견딜 수가 없었다.

그동안 뻥 뚫린 길에서만 자신이 운전을 했었고 좀 막힌다 싶으면 헉스나 무토에게 운전을 맡겨왔었으니 그럴 만도 했다.

그것도 벌써 13시간 넘게 운전대를 잡고 있었다.

음악을 크게 틀고, 차량에 부착이 된 액정 텔레비전의 볼륨을 크게 올려도 자꾸 눈꺼풀이 내려왔고 하품이 연달아 나왔다.

라스푸틴 헉스는 차량 뒤의 컨테이너 박스 안에 들어가서 꼼짝 않고 있었다.

강가에서 발견한 너덜너덜하게 시체가 다 된 인간을 싣고서는 모스크바를 향해 곧장 출발을 한 것이다.

'이 인간은 도대체 뒤에서 뭐 하고 있는 거야?

상식을 벗어난 괴물인 라스푸틴이 시간(屍姦)이라도 하는 것일까, 라는 생각도 들고 그 안에서 인육을 뜯어먹고 있지 않을까, 라는 생각도 들었다.

문을 두들기고 생난리를 쳐도 라스푸틴은 안에서 문을 걸어 잠그고는 도무지 반응이 없었다.

젠장할. 졸음을 떨치려는 듯이 크루거는 머리를 흔들면서 그때의 일을 떠올렸다.

하늘에서 구름이 뭉쳐서 소름 끼치는 악마의 형상이 나타났던 것 하며 내장이 울렁거릴 정도로 허공에서 메아리쳐서 들렸던 기분 나쁜 음성 하며 도대체 무엇을 보았는지 헷갈렸다. 환청이나 환각이라고 보기에는 너무나 생생했던 것이다.

그 악마의 환형이 강가에 널브러져 있던 시체를 자신의 아들, 자신을 대신할 자라고 했던 것을 똑똑히 들었으며 기억하고 있었다.

운전을 하고 오는 동안 혼자서 수백수천 번도 그 당시의 상황을 되씹고 되새겨도 도무지 납득할 수 없었다.

헉스의 몸에 들어가 있는 라스푸틴의 귀신만 해도 그렇다.

도대체 달과 화성에 우주기지를 건설하고 탐사선이 명왕성까지 도착해서 사진을 보내오고 있는 세상에 귀신이니 악마 같은 게 말이나 되는 소리란 말인가.

하지만 그동안 라스푸틴 헉스와 행동하면서 믿을 수 없는 일들이 벌어진 것이 한두 번이 아니었다.

라스푸틴과 같이 있는 동안 불가사의한 일들이 계속 벌어지고 있는 것이다.

크루거의 단순한 머리로는 아무리 쥐어짜고 굴려봤자 뒷골만 땡겼다.

빵빵!

뒤에서 요란하게 울리는 경적 소리에 크루거는 번쩍 정신이 들었다.

창문을 내리고 뒤를 돌아보니 트럭의 운전수가 팔을 휘두르면서 빨리 앞으로 가라고 욕을 퍼부어대고 있었다.

앞을 막고 있던 차가 한 이십 미터 정도 거리를 두고 앞에 가 있었던 것이다.

그래 봤자 어차피 막힌 도로였다.

"이런 개자식! 감히 엇따 대고!"

크루거는 차를 세우고는 문을 벌컥 열고 나갔다.

"너 지금 뭐라고 했어? 나와, 개자식아!"

크루거는 다짜고짜 트럭으로 가서는 문을 열었지만 열리지 않았다.

살벌한 크루거의 기세에 찔끔한 트럭운전사는 재빨리 도어록을 눌러 잠가 버렸던 것이다.

타앙! 탕!

크루거는 호주머니에서 권총을 뽑아 들고는 트럭의 운전석 쪽 유리창에 갈겨댔다.

안전유리가 우박처럼 박살나서 쏟아져 내렸고 트럭운전사는 얼굴을 가리고 비명을 질렀다.

크루거는 창문 안으로 손을 집어넣어 도어록을 뽑은 다음 문을 열어 젖혔다.

"왜, 왜 이래! 진정하라구!"

덩치가 큰 운전사는 크루거에게 멱살을 잡혀 밖으로 내팽개쳐졌다.

"욕할 땐 언제고 이 새끼야! 너 같은 놈이 없어져야 우리 러시아가 건전 사회를 이룰 수 있어 알겠냐! 엉!"

그리고는 권총자루로 사정없이 운전사를 내려쳤다.

반대 차선에서 군용 트럭의 병사들이 야유를 보내고 휘파람을 불어 댔고 일부는 박수를 쳐댔다.

"비, 빌어먹을 경찰에 신고를 하겠다!"

"뭐? 신고?! 이게 뒈질라고 환장을 했군! 내가 누군지나 알고 그딴 소릴 하냐, 이 멍청한 새끼야! 기사 시험에 합격을 한 몸이니까 마음껏 신고 해라. 응!"

트럭 운전사는 크루거의 말을 듣고는 절망스런 표정을 지었다.

기사 시험에 합격을 한 인간들의 횡포는 요즘 들어 전 러시아에서 극성을 부렸다.

면책특권 때문에 경찰로서도 단속을 할 수 없었으니 그야말로 기사 자격시험을 얻은 사내들의 무법천지가 되어버린 것이다.

한 개인 사업체의 공장에서 일을 하다 기사응시 자격시험에 합격을 한 작자는 자신을 구박하고 괴롭혔던 공장장을 때려죽인 일도 있었다.

하지만 그는 체포되지 않았고, 기사 시험에 떨어질 때까지 경찰은 기다려야 했다.

떨어지면 그제야 살인죄가 성립이 될 것이었다.

이런 상황이니 기사 시험에 합격을 한 작자들은 자기 세상이나 만난 듯 활개를 치고 다녔다.

메뚜기도 한철이라고 어떤 작자들은 술집에서 술을 먹고 행패를 부리질 않나, 창녀와 잠자리를 같이하고도 화대를 지불하지 않고 마피아에게 대들다가 총을 맞아 죽은 자도 있었다.

물론 총을 쏜 마피아는 즉각적으로 체포되어 단 한 번의 재판으로 사형 언도를 받고는 형장에서 총살이 되었다.

그런 일이 있은 다음에는 마피아들조차도 기사 시험에 합격한 인간들에게는 무조건 양보를 했고 슬슬 피했던 것이다.

결국 러시아의 남자들이라면 누구나 기사가 되고픈 환상에 사로잡혔고 그 열기는 거의 광적이었다.

러시아 전체가 온통 기사 신드롬으로 휩싸였다.

용서해 달라고 손이 발이 되도록 빌어대는 트럭운전수를 피투성이가 되도록 무지막지하게 두들겨 패댄 크루거는 어느 정도 화가 풀리자 거친 숨을 몰아쉬며 주위를 둘러봤다.

"뭣 빠지게 운전하느라 힘들어 죽겠는데 별 거지 같은 게 태클을 걸고 지랄이야."

어느 틈엔지 차에서 나와 사람들이 재미있는 구경이라도 하듯 몰려들어 있었다.

"뭘 봐, 개새끼들아! 죽고 싶냐!"

허공에다 총을 몇 방 쏘아대자 구경꾼들은 혼비백산해서 뿔뿔이 흩어졌다.

크루거는 좀 기분이 좋아졌다.

권총을 허리춤에 찔러 넣으면서 차에 매달린 컨테이너로 가서는 문을 두들겼다.

"이봐, 영감! 도대체 뭘 하고 있는 거야! 문 좀 열어!"

역시 아무런 반응이 없었다.

"빌어먹을! 대답하지 않으면 총 쏠 테니까 알아서 해! 망할 놈의 라스푸틴 귀신아!"

정말로 방아쇠를 당길 기세였다.

"이 멍청한 자식아, 조용히 못하느냐."

그때 크루거의 귓전으로 모기 소리만한 음성이 울리면서 파고들었다.

염파인지 개지랄인지 하는 텔레파시로 보내는 음성이었다.

"뭐라고?! 멍청한 자식?!"

"지금이 중요한 고비다, 이놈아. 이분을 살려야 하니까 얌전히 찌그러져 있어라. 괜히 날벼락 맞지 말고!"

크루거는 흠칫 하늘을 올려다보았다. 시커멓게 먹구름이 몰려들고 있었다.

가슴이 철렁했다.

악마 형상을 한 구름이 벼락이라도 때리면 큰일 아닌가.

"아, 알았다. 되도록 빨리 끝나고 나오란 말이다. 졸립고 심심해서 견딜 수가 없다!"

천하에 무서울 게 없는 크루거지만 하늘에서 떨어지는 벼락만큼은 정말 무섭고 겁이 날 수밖에 없었다.

"큭큭큭, 귀여운 놈. 도시에 도착해서 한잔하고 계집들을 품자꾸나. 어서 운전이나 해라, 꼬마야."

그 말에 크루거는 정신이 퍼득 들었다.

"좋다. 빨리 끝내고 나와라, 심심하니까."

크루거는 투덜거리면서 다시 운전석으로 앉아서는 사이드 브레이크
를 풀고 출발을 했다.

크루거의 포르쉐가 들어있는 작은 이동용 컨테이너 박스 안의 사방
벽은 온통 피칠이 되어 있었다.

별 모양의 펜타그램과 글씨도, 그림도 아닌 기괴한 것들과 주문들이
온통 벽에 그려져 있었다.

열댓 마리의 목이 잘린 닭들이 어지럽게 나뒹굴고 있었다.

관 속에는 반쯤 피에 잠긴 채 블랙드래곤 한상이 나체 상태로 죽은
듯 누워 있었다.

라스푸틴 헉스는 그 머리맡에 정좌를 하고 앉아 주문을 외우면서 관
안에 있는 피를 두 손가락에 찍었다.

그리고는 한상의 이마에 역십자가를 긋고는 목과 가슴, 배 쪽으로
내려가며 차례대로 이상한 모양의 도형을 피로 그려 갔다.

"후—!"

그런 다음에는 숨을 들이키면서 두 손을 번쩍 치켜 올려서는 한상의
가슴과 배를 손바닥으로 쳤다.

번쩍!

순간 한상의 눈이 번쩍 떠졌다. 핏빛으로 붉게 충혈된 악마 같은 모
습으로 보기에도 끔찍했다.

커억!

한상은 몸을 들썩이면서 시커멓게 죽은 피를 뿜어내고는 전기에 감
전이라도 된 듯 경련을 일으켰다.

격렬하게 요동을 치는 통에 관 안에 있던 닭의 피가 사방으로 튀었고 라스푸틴은 필사적으로 한상의 가슴과 배를 눌러대면서 주문을 더욱 크게 외워댔다.

라스푸틴의 목과 이마에는 굵은 힘줄이 튀어나오고 땀을 비 오듯 흘렸다.

이윽고 한상의 눈이 스륵 감겨지더니 경련이 멎기 시작했고 다시 죽은 듯 움직이지 않았다.

라스푸틴은 조심스럽게 떨리는 손으로 한상의 목에 있는 맥을 짚었다.

툭. 툭. 툭. 희미하지만 분명하게 일정한 간격으로 맥박이 뛰고 있음이 느껴졌다.

심장이 박동하면서 혈관으로 피가 돌기 시작한 것이다.

'됐다!'

라스푸틴 헉스는 가슴속으로부터 끓어오르는 희열을 느끼고는 탈진한 듯 등을 벽에 기대면서 한숨을 길게 내쉬었다.

第 3 章
배달신공이라는 이름의 내공
Les fleaux passes dimime
6651

Act 1

Puis de nouveau les guerres suscitees.

"나는 내가 개발한 이 신개념의 내공운용법을 배달신공이라 이름 붙여놓긴 했는데 말이다."

"배달신공?"

초이는 자신도 모르게 의심스런 얼굴을 띠면서 반문했다.

"질문은 더 이상 받지 않겠다. 그냥 이 몸이 시키는 대로만 따라 하면 돼, 네놈은."

캠핑카 안의 복잡한 기계장치 속에서 초이와 멍키영감은 마주 앉아 있었다.

초이는 가부좌를 틀고 허리를 곧추세운 채 앉아 있었으며 멍키영감은 고글 모니터가 부착된 헬멧을 쓰고 촉각 디스플레이 장갑(Haptic Glove)을 낀 채 손을 이리저리 움직이면서 유기 컴퓨터 파일을 정리하면서 무공과 내공에 관한 것들을 뽑아내고 있었다.

어두운 실내에서 헬멧을 쓰고 발광 다이오드의 촉각 장갑의 불빛만이 이리저리 움직이는 게 기괴스러웠다.

또한 멍키영감의 모습은 마치 원숭이의 몸짓을 흉내 내는 판토마임의 연극배우처럼 우스꽝스러웠다.

주변은 온통 기계장비들의 작은 불빛들만 수백, 수천 개가 사방으로 반딧불처럼 켜져 있어서 마치 밤하늘의 별무리들 속에 앉아 있는 듯한 착각을 자아내게 했다.

"됐다."

멍키영감은 헬멧을 벗으면서 환호를 했다.

"예?"

"속성으로 내공을 연마할 수 있는 방법을 찾았단 말야, 짱깨 놈들과는 다른 방법으로 말이다."

"그런가요?"

초이는 입맛을 다셨다.

멍키영감은 속성으로 내공을 기르는 방법을 찾기 위해 자신이 가지고 있는 수백수천 가지의 파일자료들을 검색했다.

숙정의 대뇌피질에 기억된 내공수련의 방법으로는 몇 년이 걸릴지 몰랐기 때문이다.

숙정은 부유한 고위 간부의 무남독녀인 덕분에 천하의 영험하다는 영약들을 복용했고 타고난 무공수련의 체질에다 탁월한 스승을 만나는 기연에다가 꾸준한 노력으로 얻어진 실력이란 것을 멍키영감은 잘 알고 있었던 것이다.

초이 역시 싸움박질하는 것으로 볼 때는 무골(武骨)로서 타고난 놈은 틀림없었다.

하지만 내공이라는 것이 하루아침에 수련한다고 해서 뚝딱 만들어지는 것이 아니니만큼 멍키영감은 고민할 수밖에 없었다.

그 결과 찾아낸 것이 바로 지금 말하는 배달신공이었다.

"지금부터 따라 해. 대한국인."

"에?"

"따라 하라고, 임마! 대한국인!"

"알았어요. 대한국인."

"그렇게 매가리없이 넙죽 따라 하는 게 아니고 한 글자 한 글자 똑바로!"

"어휴. 대! 한! 국! 인! 됐습니까?"

"좋다, 일단 넘어가고 에 또……."

멍키영감은 허공에 있는 보이지 않는 책장을 넘기는 듯 손을 움직였다.

"머리 꼭대기 천정을 백회혈이라고 한다. 지금부터 이 백회혈 뚜껑이 열렸다고 생각하는 거다 알겠냐?"

"생각만 하면 되는 겁니까?"

"아니면? 머리뚜껑을 진짜 열래?"

"어후, 참내. 알았습니다. 그런 후에는요?"

"허공에서, 아니, 하늘에서 기운이 백회혈로 들어온다고 상상해."

"뭔 기운인데요?"

초이가 뜨악한 얼굴로 물었다.

"야, 이놈아! 기운이라면 기운으로 알 것이지 뭔 말이 그리 많아? 그냥 에너지, 프라나 이렇게 생각하란 말야."

"에궁."

초이는 죽을 맛이었다. 세상천지에 이따위 내공훈련이 어디 있단 말인가.

순간 초이의 뇌리로 문득 스치는 게 있었다.

망아 스님의 말이 기억났기 때문이다.

거기다가 자신도 모르게 공기에 대한 정보가 머릿속에 떠올랐다.

그것은 바로 멍키영감이 초이의 머릿속에 꽉꽉 채워 입력해 둔 온갖 잡동사니 정보가 자신도 모르게 튀어나온 것이지만 초이로서는 거기까지는 모르고 있었다.

공기 중에는 산소, 질소, 이산화탄소, 아르곤 등 비활성 기체를 포함하고 있는 것이다.

하지만 그것뿐만이 아니었다.

프라나, 에너지라는 것이 섞여 있다는 것을 초이는 사후세계에서 만난 망아 스님으로부터 들어서 알고 있었다.

단전호흡이라는 것은 숨을 들이켜 산소는 폐로 보내고 그 에너지를 아랫배로 끌어내려 축적시키는 것을 말한다.

찰나지간에 초이의 머릿속을 스친 내용들이었다.

초이는 자세를 바로잡으면서 눈을 감았다.

"좋습니다, 머리 위로 에너지가 들어오고 있다고 상상했습니다."

"오냐, 상상하면서 대한국인을 마음속으로 한자한자 끊어서 힘차게 외워라. 대! 한! 국! 인! 이런 식으로 말이다."

"그게 전부…… 입니까?"

초이는 다시 눈을 떴다.

어떤 새로운 그럴듯한 비장의 방법이 있을 줄 알았더니 다시 대한국인이란다.

기가 막혔다.

더군다나 초이 스스로는 한국인이라는 것을 지극히 못마땅하게 생각하고 있었다.

못마땅한 정도가 아니라 저주 이상의 것일 수도 있었다.

그런데 대한국인이라니.

"불만있냐? 주둥이가 앞으로 댓발은 빠진 것 같다?"

초이가 떨떠름한 얼굴을 하자 멍키영감이 헬멧의 고글을 올리면서 빈정댔다.

"제가 한국에 대해 어떤 인상을 가지고 있는지 누구보다 잘 아시면서 그런 말을 하십니까?"

"짐작은 한다만, 이런다고 해서 네놈의 핏줄이 어디 가겠느냐."

"아버님도 고아셨고, 어머님도 고아셨습니다. 부모님들은 그들의 부모님들로부터 버림받고 외롭게 컸던 겁니다. 고아들끼리 만나서 서로 의지하면서 사시던 분들을 죽인 것이 한국인이었으며 동생 민희를 겁탈하고 정신이상자로 만든 것도 한국인입니다."

끓어오르는 감정을 억누르는 듯 초이의 낮은 목소리는 약간 떨려 나오고 있었다.

"내가…… 어떻게 한국이라는 나라를 좋아할 수 있겠습니까……."

"그건 그렇지만…… 쩝."

멍키영감은 잠시 할 말을 잊었다.

자신으로서도 한국이라는 조국은 즐거운 기억보다는 춥고 배고팠던 어린 시절의 기억만 있을 뿐이었다.

미국에 살면서도 한국의 소식을 들을 때마다 가슴이 답답해지고 괜히 울화가 치밀어 오르곤 했었다.

하지만 국민이 타고난 재주는 신의 축복이 아닐 수 없었다.

유태인 못지않는 탁월한 두뇌와 손재주를 가진 민족이었다.

부지런하기는 둘째가라면 서러울 민족이기도 했다. 손바닥만한 나라임에도 불구하고, 프리메이슨 놈들에게 그렇게 고혈을 빨리면서도 세계 경제규모 7위를 유지하는 경제 대국에 속했다.

정치가들만 잘했으면 더욱 강하고 큰 나라로 발전했을 것이었다.

그런 조국을 생각하면 애증으로 뒤섞인 착잡한 감정 때문에 괜히 심란해졌던 것이다.

멍키영감 역시 될 수 있는 한 한국에 대해서는 생각하지 않으려 했었다.

"임마, 네 마음은 안다. 하지만 네 부모님이 태어났고, 너를 낳아준 땅덩어리다."

"누가 뭐랍디까. 안다구요, 젠장."

"조국은 네놈에게 죄지은 것이 없어, 이놈아!"

멍키영감은 소리를 빽 질렀다.

초이는 멍키영감의 말에 흠칫했다.

그 말은 사실이었다. 썩어빠진 일부 정치가들이 잘못이 있고 그들의 지시를 받는 일부 관리들이 잘못이 있는 것이지 조국이 잘못한 것은 없었다.

오히려 아픔을 간직하고 그 힘들어하는 백성들을 보듬어 안고 지금껏 살아온 것이 대한민국 한반도였다.

수십 차례나 다른 민족에게 침략을 당하고 짓밟히면서도 한 번도 다른 나라를 침략한 적이 없는 선한 민족이었다.

한반도 땅덩이 자체가 슬픔과 한으로 점철이 된 나라였다.

초이는 망아 스님이 했던 말이 떠올랐다.

유체가 우주공간에 떠 있으면서 내려다본 지구에서의 한반도의 위치.

"봐라 이 녀석아 네놈이 살았던 한반도의 풍수지리가 얼마나 좋으냐."

정말 그랬다. 풍수지리학 상으로 보면 중국과 일본이 좌청룡 우백호 위치로 한국을 감싸고 있었고 호주대륙이 안산의 위치에 자리잡고 있었다.

그래서였는지 몰라도 한반도에서 나는 인삼이 최고의 효력을 지니고 있었고 한국에서 나는 은행나무 잎사귀에서만 귀한 약재가 뽑아졌다.

들과 산에 진귀한 약초와 나물들이 지천에 깔려 있는 나라가 한국이었다.

민간요법과 동의보감에 기록된 대로 거의 모든 식물들이 약초였다.

한국 근해에서 잡힌 수산물들은 더 맛있었고, 농산물들 역시 마찬가지였다.

조상들이 대대로 먹었던 김치와 된장과 간장은 세계적으로 최고의 완전식품으로 평가된 지 오래였다.

공룡들이 가장 좋아했던 것이 솔잎과 소나무 순이었다.

많은 소나무 중에서도 조선 소나무라 불리는 적송의 솔잎이었다.

그래서 공룡들이 한반도로 먹이를 찾아 내려왔고 수많은 공룡의 화석과 흔적들이 발견되는 곳이 경남의 남해쪽이었다.

선사유적인 고인돌이 세계적으로 가장 많은 나라가 한반도였다.

천재지변이 전 세계적으로 일어나고 일본열도가 지진으로 몽땅 가라앉을 정도로 지각이 뒤틀렸을 때에도 울산과 부산만이 약간 침몰하는 사고가 일어났던 안전한 나라가 한반도였다.

하지만 서해 쪽으로 바다가 솟아올라 수천만 평의 땅이 덤으로 생긴 운 좋은 나라가 한국이었다.

그제야 사람들은 그 모래사장의 길이가 별로 되지 않는 해수욕장에 만리포, 천리포라고 이름 붙여놓은 조상들의 선견지명이 옳았음을 알게 되었다.

바로 만리포, 천리포에 광대한 포구가 생겨났던 것이다.

장차 70억 인류를 다스릴 자가 나온다는 전설의, 천하 명당 자미원의 혈.

그 자리가 충청도 서해 쪽에 있다 하여 일본과 중국의 풍수학자들과 지관들이 옛날부터 혈안이 되어 찾고 뒤지고 다녔고 그것을 막기 위해 당나라, 송나라 때부터 맥을 끊기 위해 쇠말뚝을 박았던 곳도 한국이었다.

지구 배꼽의 혈이라는 강화도를 가진 나라도 한국이었다.

초이 부모님의 부모들이 두 분을 버렸지만 버려진 고아들을 키워준 것도 대한민국이었다.

초이로서는 조국을 버렸지만 조국은 초이를 버리지 않았을 것이다.

그렇다! 조국이라는 것은 자기 마음대로 버리고 줍는 것이 아니었다.

그것은 운명이었던 것이다.

부모와 자식처럼 거부할 수 없는 운명일 수밖에 없었다.

"그렇군요. 조국은 제게 죄지은 것이 없습니다."

초이는 목에 잠기는 듯한 목소리로 나직하게 뇌까렸다.

"그렇지?"

"네, 그렇습니다."

"이 방법은 사실 한국에 있는 홍태수 씨라는 사람이 개발해 놓은 것이다."

"홍태수요?"

"그렇다. 방송국 취재 기자들 앞에서 수많은 사람들을 그 자리에서 공중부양하도록 만든 장본인이다."

"……."

"바로 즉각적으로 그 효과를 볼 수 있는 탁월한 방법인 것이니라."

"그렇군요."

초이는 비로소 고개를 끄덕였다.

언젠가 인터넷 동영상으로 사람들이 정좌하고 앉아 있다가 여기저기서 떠오르는 것을 본 적이 있었다.

바로 그 방법을 시전한 것이 홍태수 씨였음을 기억했다.

"좋다, 심호흡을 크게 하고 대한국인을 속으로 힘차게 외면서 백회혈로 하늘의 기운이 쏟아져 내려온다고 생각해라."

초이는 멍키영감의 말에 따라 크게 심호흡을 하고는 대한국인을 한 자씩 끊어서 외치기 시작했다. 물론 속으로.

Act *2*

Puis de nouveau les guerres suscitees.

웅…… 우…… 웅.

한 대의 비행기가 어둠 속에 가라앉은 시베리아 설원의 위를 날고 있었다.

러시아에서 국내선을 운행하고 있는 야크사 40인승 고물 비행기였다.

크리스티안 로스차일드는 그 비행기 안에서 창밖을 내다보고 있었다.

밤이었지만 온통 눈으로 덮인 시베리아 벌판이 안개처럼 뿌옇고도 광활하게 펼쳐진 것이 보였다.

'이런 추운 나라의 구석에 와서 남의 나라 전쟁에 끼어들어 병사들을 죽이고 있었단 말이지?

크리스티안은 자신도 모르게 코웃음을 쳤다.

'블랙드래곤? 흥. 꼴에 무슨 얼어죽을 블랙드래곤이람. 시베리아의 늑대 새끼가 더 어울리는구만.'

'반드시 내 발밑에 무릎을 꿇게 만들 거야. 그리고는 내 발가락을 핥게 만들어주겠어.'

크리스티안은 속으로 다시금 이를 갈았다.

툭!

목덜미에 차가운 것이 떨어졌다.

너무나 차가워서 퍼뜩 상념에서 깨어난 크리스티안은 위를 올려보았다.

주르륵!

올려보는 크리스티안의 얼굴 위로 물줄기가 떨어졌다.

"오우, 셧!"

크리스티안은 손수건을 꺼내어 얼굴을 닦아내며 욕을 퍼부었다.

공들여 화장을 한 얼굴이 엉망진창이 되어버린 것이다.

밖의 차가운 기온으로 인해 기체 내에 물방울이 맺혀 밑으로 뚝뚝 떨어지고 있었다.

크리스티안의 자리뿐 아니라 천장 전체에 물방울들이 뚝뚝 떨어지고 있었지만 불평하는 사람은 아무도 없었고 모두들 모피나 두꺼운 옷들을 입은 채 잔뜩 웅크리고 잠들어 있었다.

가뜩이나 딱딱하고 좁디좁은 좌석인데 크리스티안의 옆에는 뚱뚱하고 비대한 러시아 여자가 앉아 있었기 때문에 여자와 비행기의 벽 사이에 끼어 꼼짝달싹을 못할 지경이었다.

러시아로 날아올 때 타고 왔던 아에로플로트 항공의 일류 여객기의 천장에 달린 짐칸의 문짝이 여기저기서 덜컥덜컥 열려서 잠들다가도 깜짝 놀라 깨곤 했다.

그런데 그건 아무것도 아니었다.

어떻게 이런 비행기가 이 시대에 있을 수 있고 이런 것을 타고 날아다니는 러시아 사람들의 무감각에 대해 크리스티안으로서는 도저히 이해할 수가 없었다.

최고급과 일류에 익숙해져 있는 크리스티안에겐 불가사의처럼 여겨졌다.

가족들과 함께 움직일 때는 자가용 전용 제트기를 이용했고 여행을 다닐 때도 퍼스트 클래스 좌석 중에서도 가장 좋은 자리만을 이용해 왔던 크리스티안으로서는 그야말로 지옥도 이런 지옥이 없었다.

이런 고생을 하면서 찾아가고 있는 자신을 한상이 짐작이나 하고 있을까?

크리스티안은 한상에 대해 더욱 미움이 커졌다.

천장의 물을 어떻게 좀 해보라고 요구했지만 승무원은 들은 척도 하지 않았다.

크리스티안은 하는 수 없이 포기하고는 모피코트의 깃으로 얼굴을 단단히 감싼 채 잠을 청했다.

덜컹하고 비행기가 부서지는 듯한 소리에 깜짝 놀라 깨어난 크리스티안은 비행기가 드디어 노보시빌리스크의 똘마쪼보(Tolmachovo)공항에 도착했음을 알았다.

아침 7시였다.

노보시빌리스크는 '새로운 시베리아' 라는 뜻이었다.

러시아는 시베리아 개척을 하면서 엄청난 양의 지명을 새로이 만들어야 했다.

그런데 모스크바, 프스꼬프, 뻬름 등의 그 자체가 지명인 단어들을 새로 만들기는 곤욕스러웠다.

따라서 성경에 나오는 인물이나 황제의 이름 등을 여러 가지로 조합
을 해서 만들어낸 것이다.

또 다른 한 궁여지책으로 기존의 지명에 새로운(노보)이란 형용사를
붙이거나 높은, 낮은 등의 형용사를 붙여서 이름을 만들어냈다.

드네프로페트로프스크(드네쁘르 강의 뻬뜨로프), 니주니 노브고로드
(아래쪽에 있는 노브고로드), 예까쩨린부르끄(에까쩨리나 여제의 성), 페트
로파블로프스크캄차츠키(캄차카에 있는 베드로와 바울), 세베로예니세이
스키(북쪽의 예니세이강), 상트페테르부르크(성 베드로의 도시), 노보시비
르스크(새로운 시베리아), 노보쿠즈네츠크(새로운 쿠즈네츠), 크라스노야
르스크(아름다운 중심도시), 페트로파블로프스크(바울과 바오로), 마그니
토고르스크(거대한 산) 등등 노보시빌리스크도 그렇게 해서 만들어진
도시 이름이었다.

Act 3

Puis de nouveau les guerres suscitees.

Puis de nouveau les guerres suscitees.

그 노보시빌리스크 시의 오브(Ob')강이 내려다보이는 호텔에서 오무광은 목이 타는 듯한 갈증 때문에 잠이 깨었다.

밀레나는 옆에서 곤하게 잠들어 있었다.

기사웅시 자격시험에 합격한 후 축하주를 떡이 되도록 마셨다.

그러고도 무토와 함께 호텔에 와서는 보드카를 두 병이나 비웠던 것이다.

방 세 칸짜리 특실을 얻었기 때문에 마시다가 무토는 다른 방으로 잠을 자기 위해 들어갔다.

무토가 사라지자마자 밀레나는 옷을 벗어 던지면서 무광을 덮쳤다.

친구가 옆방에 있든 말든, 들리든 말든 밀레나는 괴성을 질러대며 몸부림을 쳤다.

오무광은 무토를 의식해서 그런 밀레나의 입을 틀어막았지만 별 효과는 없었다.

나라를 잃고 혼자 쓸쓸하게 여행을 하고 있는 무토에게 내심 미안했다.

밀레나에 대해 이해를 해달라고 해야겠다고 생각하면서 냉장고에서 차가운 물병을 꺼내 들었다.

바이칼호의 물을 정제시킨 음용수였다.

차가운 물을 마시자 어느 정도 정신이 든 오무광은 방을 나가 비즈니스 룸으로 들어갔다.

거기엔 회의 탁자와 소파, 업무를 볼 수 있도록 책상과 컴퓨터가 놓여 있었고 LG 전자에서 만든 150인치 대형벽걸이형 TV가 걸려 있었다.

오무광은 바이칼호의 물을 커피포트에 쏟아 붓고는 책상에 앉아서 컴퓨터를 켰다.

인터넷 창을 띄우고는 한국의 뉴스검색 포털 사이트 주소를 쳐넣고 엔터키를 쳤다.

곧바로 네이버의 홈 창이 LCD 모니터에 가득 찼다.

참으로 반갑고도 그리운 한글들이었다.

배너 광고들이 한쪽에서 어지럽게 떴다 사라지고 있었다.

그동안 한국 소식을 접하기 어려웠다.

굳이 들으려면야 얼마든지 흔한 피시방에 가면 되겠지만 일부러 찾아가기에는 오무광은 좀 게으른 편이었다.

포트의 물이 끓는 신호를 알렸기 때문에 자리에서 일어나 냉장고에 들어 있는 한국산 커피믹스를 하나 꺼내 커피를 탔다.

물론 원두커피를 내려먹을 수 있도록 재료들과 기구들이 갖춰져 있었지만 오무광의 성미에는 커피믹스가 맞았다.

호텔 자체가 한국의 LG건설과 러시아 측이 반반씩 투자해서 지은 것이라서인지 한국 사람들이 많이 투숙하기 때문에 아마 커피믹스를 갖춰놓은 것이리라.

그만큼 한국 사람들의 성질은 급했다.

밀레나가 잠에서 깨기 전까지 커피를 마시면서 오랜만에 느긋하게 고국의 소식을 인터넷으로 꼼꼼히 살펴볼 작정으로 모니터를 들여다보았다.

그런데 갑자기 오무광의 눈이 커졌다.

'장군의 아들 최정 훈련 모습 동영상'이라는 제목이 눈에 띄었던 것이다.

커서를 그곳으로 옮기고 재빨리 무선 광마우스를 클릭했다.

화면이 바뀌며 르몽드 종군기자 노라 킴의 블로그 홈카페란 글자와 함께 낯익은 얼굴이 25인치 LCD 모니터에 가득 찼다.

"흠마?!"

오무광은 하마터면 커피를 뿜을 뻔했다.

바로 어제 술집에서 만났던 그녀였다.

방한모자를 쓰고 귀마개를 했지만 자신을 아저씨라고 불렀던 그 처녀가 분명했다.

초이 가장 최근 소식을 클릭했다.

그녀가 설원을 배경으로 이어폰으로 연결된 마이크로 이야기하는 모습이 동영상으로 화면에 떴다.

─여러분, 안녕하세여~! 많이 기다리셨져!?

귀염을 떨면서 어울리지도 않게 노라는 유치원생의 흉내를 내며 말을 하고 있었다.

―얼마 전 의학계가 발표한 호르몬 중에서 다이돌핀이라는 게 있었죠? 엔돌핀이 암을 치료하고 통증을 없애주는 탁월한 효능이 있다는 것은 여러분도 잘 알고 계실 거예여. 그쵸?

"첨 듣는 말인디? 노가리 그만 풀고 언능 본론으로 들어가 봐야!"

오무광은 커피를 마시면서 모니터에 바싹 얼굴을 드밀었다.

―그런데 말이져, 이 다이돌핀의 효과는 엔돌핀보다 무려 4천 배의 효과가 더 있다고 합니당! 엔돌핀의 4천 배 다이돌핀!! 이런 다이돌핀은 언제 우리 몸에서 생성될까요?

"야가 시방 퀴즈쇼를 진행허능겨, 뭣 허능겨. 환장허것꼬만."

오무광은 모니터를 집어 던져 버릴 듯 두 손으로 확 움켜쥐었다.

―바로 감동받을 때 다이돌핀이 나온답니다! 좋은 책을 읽고 감동을 받았을 때, 또는 영화나 음악을 듣고 감동을 받았을 때나 전혀 새로운 진리를 깨닫거나 엄청난 사랑에 빠졌을 때 바로 이 다이돌핀이 몸에서 뿜어지는 것이죠!

"허미, 그럼 나는 평생 안 뿜어지것고만! 언능 본론으로 들어가더라고!"

오무광은 덩치에 안 어울리게 모니터를 부술 듯이 하다가는 컴퓨터를 손바닥으로 툭 때리고, 혼자 생쇼를 하면서 안달을 떨어댔다.

―이것이 암을 치료하고 면역력을 극한으로 높여줍니다. 불치병에 걸린 사람들이 기사회생이 되기도 하구요! 자, 그럼 저 노라 킴은 지금부터 여러분의 몸에서 다이돌핀을 뿜어낼 수 있도록 하겠습니다. 지켜 봐 주세여!

노라의 제스처와 함께 화면이 오버랩되면서 초이의 모습이 비춰졌다.

"최정!"

오무광은 자신도 모르게 소리를 질렀다.

가부좌를 틀고 침엽수림 밑에 앉아서 눈을 감고 있는 모습이었다.

떡 벌어진 어깨 하며 강인하게 생긴 턱, 꺼칠한 수염, 온몸이 바윗덩이 같은 근육질에 흉터가 여기저기 휘감긴 모습이었다.

"흠마나. 핵교 댕길 때는 쬐만 했었는디 겁나게 커부럿쓰야?"

오무광은 신기한 듯 모니터를 아예 두 손으로 잡고는 무릎에 끌어다 놓고 보고 있었다.

—이 화면은 멀리서 몰래 잡은 거예여. 훈련을 하는 데 방해가 되믄 안 되기 때문이져.

화면은 초이를 점차 가깝게 클로즈업되고 있었으며 노라의 음성이 들렸다.

—지금 여기 기온이 얼마냐 하믄여, 영하 41도거든여? 공기에 닿은 얼굴 피부가 따가울 정도예여. 중국 북부를 거쳐 이곳 시베리아로 왔는데여, 중국 헤이허(黑河)에서 이른 아침에 방한모도 없이 흑룡강(러시아에서는 아무르강이라고 부름) 강변에서 건너편 러시아를 바라보며 아침 운동을 하다가 얼굴에 동상을 입고 뇌가 얼 뻔한 적이 있었걸랑여.

다시 노라의 모습이 화면에 나타났다.

말하는 입가에서 흰 김이 뿜어지고 있었다.

—추운 지방에 사는 사람들 가운데 약간 얼빵한 사람들은 대부분 한 번 뇌가 얼었다가 해동된 사람들이라고 보면 돼여. 그때 이후로 추운 곳에 갈 때는 내복도 챙겨 입고, 단단히 준비합니다. 멋부리다 바로 띨빵한 멍청이 됩니다. 기억해 두세여~! 그런데 지금 초이 보이시져? 보시다시피 홀딱 벗구 저러고 있그덩여! 저게 사람인지 괴물인지 난 지

금도 헷갈려여.

초이는 위통은 벌거벗고 하의는 유도복 같은 흰 파자마만 걸치고 있었다.

―자, 그럼 지금부터 잘 보세여, 무슨 일이 벌어지는지.

눈을 감고 있던 초이의 모습이 순간 앞으로 기우뚱하는 것이었다.

그러더니 다시 뒤로 넘어질 듯 제껴졌다.

그렇게 몇 번을 좌우앞뒤로 들썩거리더니 몸이 위로 뜨기 시작하는 것이었다.

"음마?"

오무광의 눈이 휘둥그레졌다.

점점 더 높이 뜨는 것이 아닌가.

그 옆의 자작나무와 비교해 볼 때 족히 오륙 미터는 떠오른 것이다.

그런데 희한하게도 떠오른 채 허공에서 그대로 앉아 있었다.

―눈치채셨져? 바로 공중부양이라는 거예여! 글쎄, 훈련한 지 하루만에 공중에 뜨더라니깐여! 사기라구요? 여러분 저, 노라를 그렇게밖에 안 보셨어여? 전 르몽드의 베테랑 민완기자입니다. 우리 아빠 엄마의 목을 걸고 맹세하건대 전 사기 안 쳐여!

노라는 겁먹고 울 듯한 얼굴로 말을 했다.

아주 놀고 있었다.

그런데 이것이 바로 한국의 네티즌들을 사로잡은 노라의 치밀하게 계산된 말투요, 제스처였다.

오무광조차 어처구니가 없어서 웃음을 터뜨릴 뻔했으니까.

―그런데 이 공중부양이 여러분도 얼마든지 가능하다는 거예여. 그

방법은 다음에! 그럼 내일을 기대해 주세여!

　그렇게 노라의 동영상은 끝을 맺고 있었다.

　오무광은 재빨리 그전 파일을 열었다.

　거기에는 최정의 소식들이 날짜에 따라 차례로 소개되고 있었고 무수한 댓글들이 올라와 있었다.

　오무광은 뒤에서 밀레나가 와서 서 있는 줄도 모른 채 넋을 읽고는 그것을 들여다보고 있었다.

Act *4*

노라는 자신의 홈피에 초이의 공중부양 장면을 올린 후에도 흥분이 가라앉지 않아서 얼굴이 붉게 상기되어 있었다.

아침에 일어나서 샤워를 하기 위해 캠핑카 옆에 달린 눈투입구에 눈을 부삽으로 푹푹 떠서 담아서는 차 옆구리의 구멍에 넣었다.

멍키영감의 차에는 별 이상한 장치가 다 되어 있었다.

눈을 퍼담아서 그것을 데워서는 샤워물로 사용하기도 하고 눈을 녹여서는 자동차의 연료로 쓰고 있었다. 유지비가 전혀 들지 않는 그야말로 기상천외한 멍키영감다운 자동차였다.

말 그대로 물로 가는 자동차였다.

물을 전기분해하면 수소와 산소가 발생한다.

이것을 분리하지 않고 섞은 가스가 바로 브라운 가스였다.

일반 프로판 가스나 엘피지 가스가 1천5백도에서 2천도의 열을 내는 데 반해 이 물로 만든 브라운 가스는 4천도 이상의 고온을 발생하는 것이었다.

내화 벽돌까지 녹일 수 있는 온도였다.

이것은 이미 이십년 전에 서울에 있는 베스트코리아라는 일개 중소 기업이 발명을 한 것들이었지만 국제 메이져 오일회사들의 방해공작과 로비로 인해 사장되어 버리고 잊혀져 버린 제품들이었고 기술들이었다.

지금도 한국 검색포털 사이트에 베스트코리아라고 검색창에 쳐넣으면 예전의 그 홈피를 볼 수 있었다.

뿔뿔이 흩어진 그 회사 직원들이 그 홈페이지만은 없앨 수 없다고 하여 사이트를 운영하고 있었기 때문이다.

그 기술을 멍키영감이 나름대로 더욱 개발을 해서는 자신이 편리하게끔 각종 기계를 만들어내서 쓰고 있었다.

이 브라운 가스로 캠핑카의 엔진을 돌리고, 눈을 녹여 샤워물도 만들고 난방도 했으며 요리까지 몽땅 해결하고 있었다.

심지어 차 속 한구석에다 황토 찜질방까지 만들어놓고는 호화판으로 여행하고 있었다.

또 어느 구석에 무엇이 있을지 몰랐다. 끊임없이 뭔가 뚝딱거리고 만들고는 없애고 새로 만들었기 때문이다.

그래서인지 차가 자꾸 커졌다.

인원이 많기 때문에 차 뒤쪽으로 용접을 해서는 침실을 덧붙여서 만들었기 때문이다.

노라는 이 놀랍고 희한한 캠핑카를 취재하려 했지만 멍키영감이 펄쩍 뛰면서 거품을 물어대는 통에 자신의 홈페이지에 올릴 수 없었다.

만일 이 자동차가 공개되면 레오파드 2세로부터 표적이 될 것이고 멍키영감은 끝장날 게 뻔했다.

노라로서는 아쉽기가 이루 말할 수 없었지만, 지금은 그것보다 초이의 취재만으로도 충분했다.

자칫 멍키영감의 눈밖에 벗어나서 쫓겨나기라도 하면 취재고 뭐고 다 물거품이 될 테니까.

눈을 다 쓸어 넣고 레바를 올렸다.

그리고 안에 들어가면 뜨거운 물이 펑펑 쏟아질 것이다.

사용된 물은 다시 분해를 거쳐 재사용되기 때문에 하루에 한 번씩만 보충해 주면 전 식구가 마음껏 풍족하게 쓸 수 있었다.

샤워실로 들어가는 찰나, 멍키영감의 환호 소리가 들려왔다.

뭔가 싶어 고개를 내미니 멀리 자작나무 밑에서 초이가 양반다리를 한 채 허공에 떠 있는 것이 아닌가!

멍키영감 정도의 키 높이에서 이리 기우뚱, 저리 기우뚱 하고 있었다.

"저 인간들, 또 무슨 장난을 치고 있담?"

처음에 노라는 멍키영감이 그 놀라운 재주로 초이를 허공으로 띄운 줄 알았다.

"내공을 훈련한다더니 성공했나 본데? 저거 공중부양 아니야?"

쟈코브 말릭, 즉 야곱의 말에 노라는 정신이 번쩍 났다.

"헉! 공중부양!!"

노라는 후다다닥 차 안으로 들어가서는 핸디 21 캠코더를 가지고 뛰어나왔다.

초이는 막상 자신이 공중부양을 해놓고도 어리둥절한 모양이었다.

초이 쪽으로 달려가자 멍키영감이 호통을 쳤다.

"절루 가지 못해! 부정 타게 해장부터 여자가 어딜! 훠이! 훠이!"

닭 쫓듯이 노라를 쫓았다.

하는 수 없이 멀리서 찍을 수밖에 없었지만 뭐 상관없었다, 고배율이기 때문에 가까이 가서 찍는 거나 멀리서 찍는 거나 상관없다.

멍키영감이 머리를 긁적이고 있는 초이를 달달 볶아댔다.

"그래 그거여! 다시 해봐 임마! 어서!"

초이는 어깨를 으쓱하더니 가부좌를 틀고 나무 밑에 다시 앉았다.

재빨리 노라는 눈썹을 그리고 립스틱을 칠하고는 캠코더를 야곱에게 던졌다.

고국에 있는 수많은 팬들에게 화장 안 한 모습을 보여줄 순 없지 않는가.

"야곱, 초이를 배경으로 찍어요!"

그리고는 앞에 턱 나타나서는 멘트를 했던 것이다.

노라의 순발력이 최고 수준임을 야곱은 인정하지 않을 수 없었다.

이 와중에 화장이라니.

그런데 한 십 분 지나자 다시 초이가 떠오르기 시작했고 이번엔 훨씬 더 높이 올라가는 게 아닌가!

"끝내준다!"

노라는 부르짖었다.

第4章
숙명
Les fléaux passées diminue
6651

Act *1*

Puis de nouveau les guerres suscitees.

Puis de nouveau les guerres suscitees.

크리스티안 로스차일드는 샤워를 하고는 머리카락을 수건으로 비비면서 밖으로 나왔다.

180센티의 늘씬한 키에 완벽한 볼륨을 가진 몸매였다.

손바닥에 올리브유를 덜어내서는 목부터 가슴으로 내려가면서 문질렀다.

양을 너무 많이 해서인지 오일이 피부를 타고 흘렀고 카펫 위에 올리브유가 떨어져 내렸다.

집에 있을 땐 시녀들이 해주거나 아니면 아담이 발라주곤 했었다.

크리스티안은 자기 몸에 새삼 오일 하나 바르는 것도 쉬운 일이 아니라는 것을 깨달았다.

새삼스럽게 아담의 손길이 그리워졌다.

여성보다 더 섬세한 터치로 자신의 온몸 구석구석에 오일을 발라주곤 했던 것이다.

아담은 남자였지만 남자가 아니었다.

어려서부터 크리스티안의 몸종 노릇을 했기 때문이다.

그리고 가장 중요한 것은 남성의 상징이 거세를 당해 없었기 때문에 남자로 여겨지지 않았다.

하지만 그의 손길은 마법사의 손놀림과 같아서 그 자체만으로도 크리스티안은 오르가즘 일보 직전까지 이르곤 했었다.

하지만 사랑하는 사람이 생기고는 그 남자 외에 다른 남자의 손길이 닿는다는 것이 옳지 않다는 것을 어렴풋 느끼고는 아담에게 마사지 받는 일을 그만두었다.

옳지 않다는 것보다는 남자 친구가 그것을 알고는 싫어했기 때문이다. 그리고 왜 그것이 좋지 않은지 자세히 설명을 해줬지만 잘 납득할 순 없었다.

어쨌든 사랑하는 사람이 싫어하는 것은 하지 않는 게 좋다는 생각이 들었다.

가운을 걸치고는 대형전면 유리창 쪽으로 걸어갔다.

노보시빌리스크 시(市)의 전경이 한눈에 들어왔고 그 너머로 침엽수림의 지평선이 펼쳐져 있었다.

찬란한 해가 떠오르면서 장관을 이루고 있었다.

도시 곳곳에서 피어오르는 연기나 수증기는 햇볕에 투과되어 환상적인 광경을 연출했다.

크리스티안은 시베리아도 나름대로 아름다운 곳임을 그때서야 처음으로 느낄 수 있었다.

공항에 도착해서 택시를 잡아타고는 목에 걸고 있는 다국적 언어 통역기의 전원 버튼을 누르고 이어폰을 귀에 꽂았다.

"헤이, 미스터. 이 도시에서 가장 좋은 호텔이 어딘가요?"

크리스티안의 말은 번역기를 통해서 억양없는 러시아말로 흘러나왔다.

"LG타워 호텔이오. 꼬레아와 우리 러시아가 합작으로 지은 회사인데 시베리아 최고의 호텔로 소문난 곳이야."

털투성이 운전기사의 말은 이어폰을 통해서 영어로 번역되어 들렸다.

"꼬레아?"

"오브강변에 있는 69층짜리 최고급 호텔이오. 한국의 물건은 러시아에서 최고급으로 치고 있지."

"오우, 굿. 그곳으로 가주세요."

크리스티안은 이 지구 끝 시골에 69층 고급호텔이 있다는 이야기에 얼굴이 확 밝아졌다.

코레아. 바로 한상의 나라였다.

또한 자신이 어렸을 때 처음으로 선물 받은 휴대폰은 한국 제품이었고 학교 기숙사에 있을 때 항상 마스코트처럼 가지고 다녔던 것이 LG에서 만든 MP3였음을 기억해 냈다.

택시에서 내려 호텔을 올려봤을 때 그 특이한 건축 디자인은 크리스티안을 사로잡았다.

온통 푸른 유리탑처럼 치솟아오른 고층빌딩은 69라는 숫자 모양을 이룬 독특하면서도 클래식한 모양이었다.

그동안은 고생했지만 건물을 보는 순간 기분이 좋아졌고 모든 일이 잘될 것 같다는 예감이 들었다.

크리스티안은 백 달러짜리를 내주면서 나머지는 팁으로 주었다.

기사는 믿을 수 없다는 듯한 눈으로 크리스티안을 바라보더니 후다닥 문을 열고 뛰어나와서는 짐을 들어서 호텔 로비까지 들어다 주었다.

크리스티안은 택시기사에게 잠시 기다리라고 해놓고는 방을 예약한 후에 백 달러짜리 지폐를 하나 더 내밀었다.

놀라움으로 어찌해야 할지를 모르는 기사에게 크리스티안은 말했다.

"받아도 돼요. 블랙드래곤을 아나요?"

"로마교황청 기사단의 블랙드래곤을 말하는 거유?"

"오케이. 그 사내가 있는 곳이나 소식을 알아오면 지금의 돈보다 열 배를 더 드리겠어요. 알겠나요?"

사내의 입이 찢어질 듯 벌어졌다.

두 손으로 백 달러짜리 지폐를 받고는 하염없이 허리를 숙이면서 곧 좋은 소식을 가져오겠다면서 밖으로 달려나갔다.

크리스티안은 벽면 전체가 대형 유리로 된 창가에 서서 보석처럼 빛나고 있는 시베리아의 경치를 감상하면서 크리스털 잔에 투명한 색의 압솔루트 보드카를 따랐다.

이제 더 이상 돌아다니지 않아도 이 안락한 곳에서 기다리기만 하면 블랙드래곤의 소재를 파악할 수 있을 것이었다.

Act 2

Puis de nouveau les guerres suscitees.

히히히힝!

눈부신 설원 위를 망아지 한 마리가 공 구르듯이 질풍처럼 달리는 게 보였다.

그 뒤로는 게딱지 같은 모양을 한 멍키영감의 캠핑카가 따르고 있었고 초이는 웃통을 벗은 채 맨몸으로 캠핑카와 나란히 달리고 있었다.

영하 30도의 날씨임에도 불구하고 초이의 몸은 땀으로 젖어 번들거리고 있었다.

그의 발과 손목에는 모래주머니 각반이 채워져 있었다.

그것은 손수 멍키영감이 재봉질을 해서 만든 것으로 양쪽 팔 각각 10킬로그램, 양다리 각각 20킬로그램이었으니 총 50킬로그램의 무게였다.

웬만한 여자 한 명의 무게를 몸에 짊어지고 뛰고 있는 셈이었다.

캠핑카 2층의 침실 창문에 앉아서 그 모습을 지켜보고 있는 포숙정의 눈에 커다란 의혹과 알 수 없는 복잡한 감정들이 얽혀 있었다.

어디서 많이 본 듯한 모습이었기 때문이지만 기억은 나지 않았다.

숙정은 과거가 생각나지 않는 괴로움으로 고개를 절레절레 저었다.

다시 초이라는 청년을 돌아보았다.

강인한 외모를 가진 잘생긴 청년이었다.

문득 그 초이의 얼굴에 한 사내의 얼굴이 겹쳐졌다.

그러나 그 사내가 누군지는 알 수가 없었다.

단지 가슴이 갑자기 저려왔고 까닭을 알 수 없는 눈물이 나왔다.

당황한 포숙정은 누가 보기라도 하듯이 후다닥 눈물을 손등으로 닦아냈다.

그 사내는 약혼자였던 리웬호 대령의 모습이었으나 기억을 잃어버린 숙정으로서는 그 떠오른 얼굴이 누군지 알 수 없었다.

노라는 차창에 붙어 초이를 캠으로 찍으면서 연신 고개를 갸웃했다.

"저게 이해가 돼요, 야곱?"

야곱은 운전을 하면서 노라를 돌아봤다.

"뭐가?"

"영하 30도인데 웃통을 벌거벗고 뛴다는 게요. 보통 사람은 몇 발자국 옮기기도 전에 동상이 걸려 버릴 텐데 말이죠."

"어차피 상식을 벗어난 것이 한두 가지야, 어디?"

"하긴 앉아서 공중부양을 하는 인간이니."

노라는 어깨를 으쓱했다.

"나도 믿기지 않는 건 마찬가지야. 멍키영감님께서 초이의 몸에 어떤 장치를 해놓았나 싶기도 하고."

"내 생각도 그래요. 멍키영감이 맘만 먹으면 뭔들 못할까."

"죽었다 살아나서는 덩치와 키가 부쩍 커진 것 하며, 저 망할 망아지 새끼 하며."

망아지가 눈보라를 일으키면서 초이 옆을 추월해서는 금방 까마득하게 먼 숲 쪽으로 사라져 버렸다.

"살판났군, 살판났어, 아주 생지랄을 떨어요. 꼴통새끼 같으니."

처음 보았을 때부터 노라는 망아지와 사이가 좋지 않더니 지금껏 서로 으르릉거리는 앙숙 간이었다.

캠핑카 안의 아랫부분 창고에 태우고 다닌다고는 하지만 그 냄새가 위로 올라와서 노라는 질색팔색을 했다.

그래도 머리는 좋은지 대소변이 마려울 때는 울부짖으면서 바닥을 발굽으로 박박 긁고 벽을 찬다.

그럴 때마다 차를 세워서는 문을 열어주곤 하는데 그것을 주로 노라가 맡은 것이었다.

중국 여자 포숙정은 아직 정상이 아니기 때문에 일체 다른 일을 시키지 않았고 마사오는 멍키영감의 충실한 조수 역할을 했기 때문이다.

운전은 야곱이 맡았기 때문에 결국 잡다한 일은 노라가 해야 했다.

벼르고 벼르던 노라는 한 손엔 당근을, 한 손엔 후춧가루를 들고는 문을 열고는 당근을 내밀었다.

꼴통이 덥석 당근을 물려 할 때 콧구멍에다가 재빨리 후춧가루를 뿌리고는 문을 닫았다.

꼴통이 기침을 해대며 울부짖는 소리가 아마 십 리 밖에서도 들렸을 것이다.

캠핑카가 지진이라도 만난 듯 마구 요동을 쳐댔다.

사람들이 놀라서 다 뛰어나왔을 정도니까.

그때부터 꼴통은 노라만 보면 흥분해서 난장판을 피웠다.

노라의 엉덩이를 머리로 들이받아 앞으로 곤두박질하게 만들었고, 노라는 그 보복으로 샤프펜의 뾰족한 끝으로 소변을 보고 있는 꼴통의 똥꼬를 찔렀다.

비명을 지르며 펄쩍 뛴 망아지는 노라의 짓이란 것을 알고는 돌진했으나 노라는 재빨리 사다리를 타고는 캠핑카 위로 도망쳐서는 약을 올려댔다.

그 다음날은 노라가 당했다.

꼴통의 뒷발에 채여서 기절까지 한 적이 있었으니 망아지만 보면 치를 떠는 것도 무리는 아니다.

"살을 발라서 훈제 안주로 씹어 먹었음 소원이 없겠다. 어휴, 꼴통 같은 넘."

노라는 망아지를 볼 때마다 노래를 불렀다.

"도무지 이해할 수 없는 것들 투성이야. 저 망아지만 해도 그래."

"꼴통요?"

"누가 생후 2개월도 안 된 새끼의 몸집으로 보겠어? 조금만 더 크면 어른이 타고 다녀도 될 정도의 덩치 아니냐고."

"네오클로네이드 사에서 제공한 복제된 말의 새끼니까 그렇지. 쳇."

"물론 알지만, 복제된 말은 새끼를 낳을 수가 없다는 것은 상식이야."

"그러니까 돌연변이니까."

"저 망아지가 말야. 만일 생식 능력이 있어서 일반 암컷 말들에게 새끼를 갖게 만들 수 있다면 그야말로 세계 최고의 경주마가 태어날지도 모를 일이고 말야."

“뭐, 그럴 수도 있겠죠. 아홈, 졸립당.”

“엄청난 돈이 될지도 몰라.”

“엥?”

하품을 하던 노라는 엄청난 돈이라는 말에 대번 잠이 확 달아나고 눈이 동그래져서 돌아봤다.

“엄청난…… 돈이라뇨……?”

“십몇 년 전에 최고의 경주마로 알려졌던 스마티 존스(SMARTY JONES)라는 명마의 값이 얼마였는 줄 알아?”

“글쎄요.”

“그 당시 가격이 4천만 달러였어.”

“끄아아아!”

노라의 입이 쩍 벌어졌다.

“정말이에효?”

노라는 놀라거나 뒤가 구린 짓을 했을 때는 컴용어체의 말투가 나온다.

“거짓말할 이유가 없잖아, 인터넷에서 찾아보면 금방 나올 것을.”

야곱은 어이없다는 듯 말했다.

“현재 세계 각국의 경마장에서 뛰고 있는 경주마는 거의 100% 서러브레드(Thoroughbred) 종(種)이라고 보면 돼.”

노라도 그 정도는 알고 있었다. 서러브레드 종이라는 것은 아라비아산 숫말과 영국산 암말을 교배시켜 만들어낸 품종이다.

“그래도 모르겠어?”

“녜?”

“바로 저 망아지를 종마로 해서 서러브레드 종과 교배를 시켜 새끼를 낳게 된다면 4천만 달러짜리 스마티 존스보다 훨씬 더 근사한 놈이 나올 수 있을 것 같단 말야."

'허그덩덩!'

노라는 인절미 떡을 삼키다가 목에 걸린 듯한 얼굴이 되어서는 숨을 들이켰다.

그리고는 창밖으로 고개를 돌렸다.

꼴통은 신이 나서 초이가 달리고 있는 주변에서 펄쩍펄쩍 뛰고 주위를 뱅뱅 돌면서 장난을 쳐대고 있었다.

먹어 대는 것도 엄청 먹어대더니만 똥도 무지하게 많이 쌌고 크기도 엄청 빨리 컸던 것이다.

새삼스럽게 노라는 꼴통을 다시 보았다.

저 정도의 발육 상태라면 두세 달 후에는 엄청나게 클 것이 뻔했다.

복제된 말의 파워와 스피드는 경주마들과는 비교할 수 없었기 때문에 세계 경마협회는 복제 말이 출전하지 못하도록 법으로 금지시켰던 것이다.

또한 복제 말은 새끼를 낳을 수 없었기 때문에 종마로 사용할 수가 없었다.

"새끼를 낳을 수 없는 복제 말이 새끼를 낳았단 말야? 그렇지?"

"그렇죠, 저 망아지 새끼가……?!!"

그제야 노라는 야곱이 하려는 말을 눈치챌 수 있었다.

"오우 셧!"

노라는 자신도 모르게 소리쳤다.

그렇다. 새끼를 낳을 수 없는 복제 말이 새끼를 낳았다면, 그 새끼도 자라서 얼마든지 새끼를 낳게 할 수 있을 것이다.

그 당시 4천만 달러라면 한국 돈으로 500억 원이다.

그것도 십오 년 전 이야기니까 현재 화폐 가치로 환산하면 1억2천만 달러였다.

더군다나 그 서러브레드 종인 스마티 존스보다 훨씬 더 뛰어난 놈이라면 몇 배를 더 받을 수 있을지도 모르잖는가!

"끄아아아."

노라는 거품을 물면서 경기를 일으켰다.

그때 노라의 핸디 21의 벨이 요란하게 울렸다.

날 좀 보소잉~ 날 좀 보소잉~!

노라는 액정화면의 발신자 장치를 들여다보았다.

모르는 번호였다.

"누구세여?"

―노라 츠녀요? 나 오무광 아저씨요잉.

"오무…… 광……?"

어리둥절하던 노라는 휘둥그레졌다.

엊그제 만났던 기사 자격시험에 합격했다는 격투기 선수 출신 오무광임을 알아본 것이다.

초이가 깨어났다는 소리에 명함만 던져 두고는 제대로 인사도 못하고 헤어졌기 때문에 아쉬웠다.

이 남자 역시 특종감이었으니 반가운 것은 당연하다.

"흐미, 아자씨가 웬일이당가잉?"

노라는 곧바로 오무광의 말투를 흉내 내서는 장난스럽게 대답했다.

―얼라? 거시기도 고향이 남도여?

"아녀라고라, 꼭 남도 사람만 남도 말 쓰라는 법은 없잖녀. 아행행!"

―어메, 인쟈 보니 날 놀려부러쓰야?

"반가워서 그랬어요, 갑자기 웬일이세요?"

―거시기 댁허고 최정하고 시방 같이 있는 것이여?

"최…… 정요……?"

난데없이 최정이라니? 초이를 최정이라고 부르는 사람은 별로 없었
다.

"왜 그러는데요?"

―있으면 바꿔 줏쇼잉! 고 자석이 내 중핵교 동창 아니긋능가!!

"엥?"

노라의 눈이 다시 한 번 휘둥그레졌다.

"이봐요! 초이! 전화 받아요!!"

초이는 달리다가 차를 돌아보았다.

노라가 조수석 쪽의 창문을 내리고는 휴대폰을 내밀고 소리치고 있
었다.

전화라니? 내게 전화 올 데가 있단 말인가?

던진 휴대전화를 받은 초이는 달리기를 멈추고 숨을 몰아쉬었다.

"여보세요."

―정이냐?

대뜸 핸디 21에서 걸쭉한 목소리가 터져 나왔다.

"누구……?"

―흠마! 살아 있었고만잉! 나 오무광이여, 오무광! 중핵교 동창 모르
것능가! 불량써클 클럽에 가입 안 헌다고 허벌나게 터졌던 오무광이란
말씨!

초이는 미간을 찌푸렸다가는 이내 활짝 폈다.

"어, 그래 기억난다! 어떻게……?"

—노라 킴인지 뭐시긴지 허고 엊그제 술집에서 만나부렀잖냐! 명함을 받아놨응께 알지!!

"아, 그렇게 됐군, 러시아에 있는 거냐?"

—그러제! 한국서 사고 쳐불고 튀어불었제!

초이는 할 말 없다는 듯 입맛을 다셨다.

—옴스크로 가는 중이라 허대? 내 곧바로 그리로 갈랑게 만나서 자세하게 야그허더라고! 좌우등건 겁나게 반가워부러야!

Act 3

Puis de nouveau les guerres suscitees.

Puis de nouveau les guerres suscitees.

풍성한 식탁이었다.

캠핑카 옆에 투명 텐트를 치고 야외용 테이블을 놓고는 그 위에 가득 음식을 차려놓고 둘러앉아서 식사를 하고 있었다.

순록고기를 된장과 간장, 생강 등을 넣고 2시간 동안 푸욱 삶아 커다란 쟁반에 찢어 내놓았다.

이른바 순록고기로 만든 수육 보쌈인 셈이었다.

거기에 싱싱한 상추와 쑥갓으로 쌈을 싸먹으니 둘이 먹다 하나 없어져도 모를 정도으로 정신없게들 맛있게 먹고 있었다.

시베리아 한복판에서 웬 쑥갓과 상추냐고?

초이가 죽었다 살아난 이후로 육식을 잘 하려 하지 않자 멍키영감이 궁여지책으로 생각한 것이 바로 채소 식단이었다.

초이의 트레이너를 자처하고 나선 멍키영감은 식단까지도 신경을 쓰고 있었다.

멍키영감은 캠핑카의 지붕 위에 텃밭을 만들어서는 거름 흙과 자신이 만든 식물 영양제 등을 섞어서는 몇 가지 채소의 씨앗을 뿌렸다.

그런 후에 투명한 아크릴 소재 돔을 덮어서 보온을 한 것이다.

흙 밑에도 얇은 열선을 촘촘히 깔아서는 밤이 되어 기온이 떨어지더라도 식물이 얼어 죽지 않도록 난방을 해주었다.

하루가 다르게 부쩍부쩍 채소들이 무성하게 자랐고 오늘 첫 수확을 해서 식탁에 올린 것이다.

"채소 많이 먹어라, 이놈아."

"예, 감사히 먹고 있습니다."

말끝마다 이놈 저놈 자를 붙이고 있는 멍키영감이지만 그 말속에는 따뜻한 마음이 배어 있다는 것을 누구보다 많이 느낄 수 있었다.

포숙정도 조용하면서도 아무 말 없이 초이의 맞은편에 앉아서 식사를 하면서 초이를 보았다.

그때였다.

다시 초이의 얼굴과 그 알 수 없는 사내의 얼굴이 떠올랐고 겹쳐졌다.

그러자 가슴 한복판 깊숙이에서 슬픔이 밀려왔고 왈칵 눈물이 쏟아졌다.

그것을 제일 먼저 발견한 것은 마사오였다.

"누나?"

마사오의 말에 모두들 포숙정에게 시선이 몰렸다.

초이를 바라본 채 눈물을 뚝뚝 흘리고 있었다.

모두들 영문을 모른 채 어리둥절하고 있었다.

초이는 포숙정의 시선이 자신에게 고정된 채 눈물을 흘리고 있자 더욱 당황했다.

"누나, 괜찮으세요?"

마사오가 포숙정을 흔들자 그제야 퍼뜩 정신이 든 숙정은 모두의 시선이 자신에게 쏠려 있음을 깨닫고는 당황해서 어쩔 줄 몰라 하다가는 젓가락을 놓고는 차 안으로 달려갔다.

"초이 녀석을 보고 약혼자였던 애인 생각을 떠올린 게군. 끌끌."

숙정의 돌연한 행동을 정확하게 짐작하고 있는 것은 멍키영감뿐이었다.

"그런데 노라는 어디 간 거야?"

멍키영감은 노라가 없음을 그제야 발견하고는 둘러봤다.

"꼴통에게 먹이를 주고 있던데요?"

"뭐? 밥도 안 먹고 또 무슨 해꼬지를 하려는 거야, 꼴통한테."

노라는 야채 저장실에서 꺼내온 당근과 감자 오이 등을 잔뜩 그릇에 담아서는 망아지에게 내밀고 있었다.

꼴통은 정신없이 먹으면서도 한 번씩 고개를 들어 경계의 눈초리를 보냈다.

언제 어느 때 불시에 해꼬지를 할지 알 수 없다는 불신의 눈빛이었다.

"걱정마, 꼴통. 우리 화해하고 앞으로는 잘 지내자구. 응?"

푸륵―

꼴통은 먹으면서도 콧방귀라도 뀌듯이 대답했다.

"사이좋게 지내자는데 뭐 떫냐? 앞으로 내가 맛있는 것 많이 준다니깐?"

푸르륵!

꼴통은 웃기라도 하듯이 고개를 들고는 푸륵거렸다.

그 바람에 침이 노라의 온몸으로 튀었다.

'으, 이런 된장을 처발라 수육으로 삶아 먹을 놈 같으니.'

하지만 노라는 아무렇지도 않은 듯 손수건으로 침을 닦으면서 생글거렸다.

"사실은 내가 승마를 좀 배우고 싶었그덩? 그래서 미리 부탁하는 고야. 알지, 내 맘?"

꼴통은 고개를 설레설레 저었다.

'아우, 썅. 도끼로 팍!'

"영화에 애마부인이란 게 있그덩 여자가 말야, 홀라당 벗다시피 하구 실크 옷을 나부끼면서 커다란 말을 타구 달리는데 얼마나 므찐 줄 아니?"

우적우적―

대답 대신 오이를 와삭거리면서 씹어 먹었다.

"말이 수컷이라서 그런지 애마부인을 엄청 좋아하는 것 같드라, 얘. 우리도 사이좋게 지내면서 애마와 숙녀 하면 어떨까? 난 아직 츠녀잖니?"

"밥 안 먹고 해장부터 뭔 헛수작야?"

"헉!"

노라는 뒤에서 들리는 멍키영감의 목소리에 화들짝 놀랐다.

"먹어야져, 꼴통 좀 챙겨주느라구여."

"왜 안 하던 짓을 하나?"

멍키영감은 의심스런 얼굴로 노라를 아래위로 훑어보았다.

"얘가, 덩치만 컷지 아직 아기잖아요. 더욱이 부모의 사랑을 받지 못하고 자란 녀석이란 걸 생각하니 가슴이 아프더라구여."

"그래서?"

"앞으로 내가 엄마처럼 보살펴 줄라구여."

"그래?"

"이름도 오늘부터 꼴통이라구 하지 말구 새로 하나 지어야겠어요?"

"뭘로?"

"케이론 어때요?"

"'케이론(cheiron)? 그리스 신화에 나오는 반인반수(半人半獸) 켄타우로스 종족 말이냐?"

"어머, 그런 문학적인 것까지 알고 계세요?"

"알면 안 되냐?"

"안 되긴요, 얘 꼴통은 사람 말도 다 알아듣는 것이 반은 사람이나 마찬가지 같드라구여. 그래서 케이론이라구 붙였는데 어때여? 있자나여! 그리스 신화의 헤라클레스, 아스클레피오스, 이아손, 디오스쿠로이 같은 사람들도 모두 그의 제자였대여! 우리 꼴통두 훌륭하게 되라는 의미에서."

"공자 조인트 까는 소리 허고 있네! 가서 밥이나 먹어, 밥상 치우기 전에!"

멍키영감은 빽 고함을 질렀다.

"녜."

Act *4*

Puis de nouveau les guerres suscitees.

다시 강훈련이 시작됐다.

초이는 온몸에 전극선을 붙이고는 가상의 상대와 링 위에서 치열한 격투를 벌였다.

모델은 2003년도 3월에 일본 사이타마 돔에서 벌어졌던 K—1, 월드 그랑프리 레미 본야스키와 비욘 브레디의 경기였다.

벌써 두 번째의 가상시합이었다.

승자는 레미 본야스키였으므로 초이는 당연히 패자인 비욘 브레디의 입장이 되어 가상의 레미 본야스키와 혈전을 벌여야 했다.

체력과 체격, 지구력 모든 신체적인 외형 조건에서 비욘 브레드가 우세했다.

하지만 비욘 브레드는 경직된 동작과 온몸에 힘이 들어간 공격으로 곧 힘이 빠졌고 결국 레비 본야스키에게 쓰라린 패배를 당해야 했다.

초이는 비욘 브레드가 당한 그대로 링바닥에 누워서는 숨을 몰아쉬고 있었고 멍키영감의 목소리가 서라운드 입체음향으로 들려왔다.

"패한 원인을 알겠느냐?"

"예."

"앞 경기인 피터 아츠와 권투선수 카터 윌리암스의 경우도 마찬가지다. 윌리암은 자신의 주특기인 권투로 상대를 쓰러뜨리려 한 반면 피터 아츠는 온몸을 무기 삼아 다양한 공격을 펼침으로 경직된 사고방식의 카터 윌리암스를 링에 눕인 게야."

그랬다.

카터 윌리암 역할을 하고 있던 초이에게 피터 아츠의 창끝 같은 발차기 공격이 사방에서 날아들었던 것이다.

권투 선수의 빠른 눈과 스텝 덕분에 번번이 위기를 모면했지만 결국은 한 방이 제대로 걸려 그대로 뻗고 말았던 것이다.

초이는 고글을 벗으면서 몸을 일으켰다.

가상의 선수와 싸움을 벌였지만 온몸은 흠씬 두들겨 맞은 듯한 통증으로 인해 제대로 몸을 움직일 수조차 없었다.

"내일부터는 인류 최강이라 불리웠던 효도르, 헌트, 크로캅, 케빈 렌들맨과 붙게 될 거다."

"벌써요?"

멍키영감은 모의 격투를 경량급에서 중량급, 헤비급, 무한체급으로, 약한 선수부터 강한 선수 순으로 차례차례 밟고 올라갈 거라고 했었다.

그런데 갑자기 지상 최강의 효도르와 붙으라니 어리둥절할 수밖에.

"경기와 인체의 적응도를 비교 검사를 해본 결과로는 약한 것은 의미가 없다, 네가 상대해야 할 적은 최고의 실력파들이 될 테니까 말이다. 강한 것을 겪고 나서 몸이 적응되면 그 하수들과의 싸움은 수월해지는 게 싸움의 법칙이니까 말야."

"그런가요."

초이는 입맛을 다셨다.

그 말이 맞다는 것은 그동안의 길거리 싸움으로 익숙해져 있기 때문에 수긍을 할 수밖에 없었다.

이 훈련은 싸움을 온몸의 근육들이 기억을 할 수 있게 하기 위한 것이었다.

일종의 이미지 트레이닝이라고 보면 된다.

사람의 몸에는 통신망이 구석구석 깔려 있다.

바로 신경망인 것이다, 이 신경은 무려 시속 320km의 속도로 정보를 송신하고 있는 것이다.

육체에 물리적인 충격이 가해지므로 해서 뇌신경과 운동신경이 320km의 속도로 예민하게 반응을 일으켜 실제로 싸움을 겪고 있는 줄 알게 되면서 그것이 온몸의 근육과 세포에 기억을 하게 된다.

더불어서 공격에 대한 고통 때문에 온몸의 반사신경들이 위기상태를 느끼고는 몸을 지키기 위해 전투상태로 돌입하게 되는 것이다.

"효도르의 싸움 방식은 다른 여타 선수들과는 질적으로 다른 것을 볼 수 있는데 말이다, 단 두 마디로 요약하자면 집중력과 폭발력이다!"

멍키영감은 자신이 선수나 된 양 허공에 잽을 넣으면서 말했다.

"필요없는 근육은 쓰지도 않고 힘도 쓰지 않는단 말야. 상대방의 공격에 대해 전혀 신경을 쓰지 않는 듯이 그대로 몰아붙여 끝내 버리는 게 효도르의 싸움 방식이다. 그 모습과 눈빛을 보면, 오로지 눈앞의 상대를 때려눕히는 생각과 집념만이 가득하다는 것을 충분히 느낄 수 있단 말야, 마크 헌트 역시 마찬가지고. 즉 한 번 상대의 허점이 노출됐

다 싶으면 야수처럼 달려들어 치명적인 부위를 향해 물어뜯는 공격방
식인데, 사람의 동작이라기보다는 야수의 동작에 가깝다고 보면 된다.
테크니션과 고도의 격투기술을 가진 선수들이 어, 어? 하는 순간 대책
없이 무너져 버릴 수밖에 없었어. 고로 가장 중요한 것은 집중력과 폭
발력으로 보면 된다.”

그 다음은 프라나, 즉 생체 에너지를 운영하는 방법에 대한 훈련이
곧바로 이어졌다.

“백회를 통해서 유입된 생체 에너지를 등줄기를 따라 밑으로 순환시
킨 다음, 그것을 항문을 거쳐 복부의 정중선을 거슬러 올라가게 한다.”

초이는 시뮬레이션 헬멧을 쓴 채 이론 수업을 받고 있었다.

그 앞에 앉아 있는 멍키영감 역시 같은 헬멧을 쓴 채 허공에 입체적
으로 나타난 홀로그램을 보며 인체 경락에 대해 하나씩 설명을 했다.

“그리고 목 밑에서 일단 정지시킨다. 그런 다음 폐경에서부터 대장
경, 위경, 비경의 순으로 12개의 경락을 모두 유통시킨다. 이렇게 되면
독맥과 임맥을 모두 유통시킨 상태가 되므로, 14경락 모두를 유통시키
는 것이 된다. 알겠냐?”

“예.”

초이는 고개를 끄덕였다.

“등 뒤로 흐르는 것을 감독할 때의 독자를 써어 독맥이라 하고 앞으
로 기가 흐르는 것을 맡을 임자를 써서 임맥이라고 하는데 임맥과 독
맥은 기경팔맥을 총괄하는 역할을 하는 행동 대장이라고 보면 되는 것
이다. 네가 지금 수련하는 배달신공은 일반 단전호흡과는 그 방법이
전혀 다른 거다.”

멍키영감은 레이져 빔 막대로 홀로그램의 인체를 짚어가면서 이해

하기 쉽게 설명을 하고 있었다.

"머리정수리로 기를 받아들여 등줄기 독맥을 통하여 항문과 성기 사이의 회음을 거쳐 배로 올라와 정수리로 해서 뒤로 계속 순환시키는 반면 일반 내공의 단전호흡은 들이마신 생체 에너지를 하단전에 밀어 넣고는 계속 축적해서 쌓아놓고는 필요할 때마다 꺼내 쓰는 것을 말한다."

"중국 여자 분이 사용하는 것이 그것입니까?"

"그렇다. 그것을 내가진기라고 하는데 일단 장풍을 쏜다든지 진기를 남용하면 곧 바닥이 나기 때문에 탈진 현상이 나타나고 몸에 힘이 빠지는 것이니라."

초이는 고개를 끄덕이고는 잠시 생각에 빠졌다.

"그럼 일반내공이라는 것은 저금통에 저금해 놓은 것을 쓰는 것과 마찬가지로군요."

"옳거니, 제법 머리가 잘 돌아가는구나. 네 말대로 하단전이란 것은 저금통과 같은 것으로 볼 수 있다."

"그럼 그것을 사용하고 나면, 처음부터 다시 수십 년의 세월 동안 호흡수련으로 다시 저축을 해야 되는 겁니까?"

"아니지. 일단 하단전에 모아진 것을 다 써버렸다 해도 그 저금통 크기만큼 자연적으로 다시 채워지게 된다. 더 빨리 채우기 위해 운공조식을 하는 것이고. 그러나 이렇게 저금통을 만들고 저금을 하는 것은 너무나 시간이 오래 걸리는 반면 나의 배달신공은 하늘에서 그 기운을 받는다고만 생각해도 그 기운이 쏟아져 들어오게 되는 것이다. 그것을 계속 몸 안에서 독맥과 임맥을 따라 돌리는 것이다."

“생각만으로 기운이 받아지고 몸을 돌게 된다구요?”

“물론이지, 임마. 생각을 하면 그 생각대로 움직이는 게 기라는 것이다. 왜냐면 그 생각 자체도 기운이고 에너지이기 때문이다.”

초이는 고개를 갸웃했다.

생각만으로 운기행공이 된다면 모든 사람들이 고수가 되어야 하는 것이 아닌가?

“이놈아! 하지만 사람들은 그 생각을 안 한단 말이다. 본인이 생각을 안 하는데 기운인들 들어오겠느냐? 그러기에 예수가 마음의 문을 열라고 말하지 않았더냐, 마음이란 것은 생각의 문이라는 것이다, 이놈아.”

“네, 대충 이해할 것 같습니다.”

“무조건 내가 말하는 것은 믿고 따라 해, 너한테 사기칠 일은 없으니까 말이다.”

“예.”

초이는 피식 웃었다.

“그러니까 결론은 모든 것이 마음으로부터 비롯되는 것으로 일체유심조(一切唯心造)라고 하는데 생각으로 기운을 받고 돌리면 돌아가는 것이다.”

초이는 순간 망아 스님의 말씀이 불현듯 떠올랐다.

“우주와 사람의 몸은 같은 것이고, 또한 이 우주처럼 텅 빈 공간이기도 하며 몸이란 단지 하나의 생각일 뿐이다.”

생각도 에너지이다, 그렇다면 생각은 곧 물질로 변환될 수 있다는 뜻이었다.

문득 초이의 머릿속에 화엄경의 구절이 떠올랐다.

만일 어떤 사람이 삼세 일체의 부처를 알고자 한다면[若人欲了知三世一切佛], 마땅히 법계의 본성을 관하라[應觀法界性]. 모든 것은 오로지 마음이 지어내는 것이다[一切唯心造].

실차난타(實叉難陀)가 번역한 《80화엄경》 보살설게품(菩薩設偈品)에 나오는 말이었다.

일체유심조와 관련해 자주 인용되는 것이 신라의 고승 원효(元曉)와 관련된 얘기다. 원효는 661년(문무왕 1) 의상(義湘)과 함께 당나라 유학 길에 올라 당항성(唐項城:南陽)에 이르러 어느 무덤 앞에서 잠을 잤다.

잠결에 목이 말라 물을 마셨는데, 날이 새어서 깨어보니 잠결에 마신 물이 해골에 괸 물이었음을 알고, 사물 자체에는 정(淨)도 부정(不淨)도 없고 모든 것은 오로지 마음에 달렸음을 깨달아 대오(大悟)했다는 이야기이다. 원효는 그 길로 유학을 포기하고 돌아와서 수행정진하여 큰 도를 이루었다는 이야기다.

결국은 아인슈타인의 상대성 이론과 화엄경에서 말한 일체유심조와 예수가 말한 모든 것은 자신의 마음, 믿음으로 비롯된다는 말은 같은 뜻이었다!

믿음은 곧 마음이고 신념이며 에너지이다, 그렇기 때문에 너희가 겨자씨만한 믿음이 있다면 능히 태산을 움직일 수 있다는 말을 남긴 것이다.

그것은 마음의 법칙, 마인드 컨트롤의 중요 골자이며 핵이며 키워드였다.

그렇다! 그것은 인류가 마지막으로 개발해 내야 할, 궁극적으로 추구해야 할 최고의 것이었다.

"정아, 단단한 물질 같은 것은 없느니라. 지상 세계에서 단단한 물질들이라고 하는 것들은 조밀하게 밀집된 에너지이고 혹은 생각, 사고일 뿐인 것이다."

지금 멍키영감님 역시 묘하게도 망아 스님의 말씀과 같은 말을 하고 있는 것이다.

초이는 순간적으로 모든 것을 훤히 알 수 있었고 깨달을 수 있었다.

그런데……?!

어찌해서 갑자기 자신의 머릿속에서 화엄경의 구절이 떠올랐던 것일까?

자신으로서는 기독교 집안이었기 때문에 화엄경이라는 책을 구경도 못했으며 관심도 없었다. 그런데도 어느 부분에 나온다는 것까지 머릿속에 떠오른 것은 도대체 무엇이란 말인가?!

또한 그 떠오른 생각들이 순식간에 연관지어져서 하나의 결론을 내리는 그러한 추론적 사고능력은 어디에서 생긴 것일까?

아카식 레코드는 영성이 깨어나고 발달한 사람만이 접근할 수 있는 영역이라고 망아 스님이 말했던 것이 기억났다.

그렇다면 아카식 레코드에서 비롯된 것은 아닐 터였다.

따악!

초이는 갑자기 눈앞이 번쩍했다.

멍키영감이 지팡이로 머리를 때린 것이다.

"수업 중에 웬 잡생각이냐, 이놈아."

"어이구. 잡생각을 한 게 아니라구요! 젠장!"

"그런데 왜 넋 나간 놈처럼 앉아 있어? 내가 방금 말한 거 들었냐?"

"예?"

"거봐, 임마. 못 들었잖아, 그럼 내가 다시 또 입 아프게 떠들어야 하잖아!"

"죄송합니다."

"죄송할 거 없고, 이론을 복잡하게 해서 좋을 거 하나도 없다."

멍키영감은 벽에 걸린 마이크를 집어 들어 운전석을 향해 말했다.

"차 세워라! 잠시 휴식!"

"백문이 불여일견이요, 백견이 불여일행이니라. 밖으로 나와."

차가 섰고 초이는 멍키영감을 따라 밖으로 나갔다.

"어디 가세효?"

노라가 운전석 옆에 앉아 있다 뛰어나오면서 물었다.

"초이 놈에게 기공수련 시키련다. 너희들은 점심 식사 준비나 해 놔."

"공중부양 또 하게요?"

"뭘 하든 신경 쓸 거 없잖냐? 너두 해보게?"

"안 해효~ 왈큐레니 메베니 허공을 펄펄 날 수 있는 것들이 있는데 뭐 하러 그 고생해서 허공에 뜬대여?"

"장허다, 노라 킴."

"장하긴요. 머, 여자의 좁은 소견이져. 헤헤."

Act **5**

Puis de nouveau les guerres suscitees.

오브강 중류지역에 위치한 '새로운 시베리아 마을' 이라는 노보시비르스크시는 시베리아 철도의 건설로 만들어진 마을로 1917년 혁명 이후는 현대적인 공업도시로 급속한 성장을 이루었다. 새로운 도시의 역사는 100년이 되지 않았지만 러시아의 학술연구의 중심지이자 과학도시인 아카데미 고로도프가 교외에 있어 세계적으로 유명한 곳이기도 했다.

철도역이 있는 오비 강변 오른쪽이 시의 중심이었다.

택시운전수인 루돌프 슈타이터는 레닌 광장 근처의 그라스누이 대로에 택시를 세워놓고는 그 일대에서 제일 큰 술집으로 들어갔다.

간밤에 좋은 꿈도 꾸지 않았는데 횡재를 한 것이었다.

200달러면 7천 루불이 넘는 돈이었다.

외곽으로 빠지지 않는 한 시내 거리는 30루불 안쪽이었다. 온종일 운전해 봤자 1천 루불 정도의 수입이 전부였다.

마피아가 장악하고 있는 택시회사에 80퍼센트를 내면 남는 것이라
고는 고작 200루불 안팎이었다.

그런데 졸지에 7천 루불이 생겼으니 웬 횡재란 말인가.

더군다나 그 금발의 외국 여자는 블랙드래곤의 행방이나 소재를 알
아오면 1천 달러를 준다고 했다.

고등학교에서 교사를 하고 있는 마누라의 한 달 봉급이 70달러였다.

마누라 봉급의 14배가 넘는 돈을 준다는 것이니 심장이 튀어나올 지
경이었다.

우선 술 생각부터 났다. 가슴을 진정시킨 후에 차근차근 그 블랙드
래곤의 소식을 들을 수 있는 방법을 모색해 봐야 했다.

더군다나 요즘 들어서는 어느 술집에나 군인들을 흔히 볼 수 있었기
때문에 우선 그들에게 제일 먼저 물어보는 게 빠를 것이다.

술집 안은 사람들로 꽉 차 있었다.

예상대로 짧은 휴가를 얻은 군인들이 여기저기 눈에 띄었다.

술집에는 여자들이 넘쳐 났기 때문에 군인들이 휴가를 받으면 술집
부터 찾게 된다.

즉석에서 가격을 홍정하고는 위층에 마련된 여관의 객실로 들어가
서는 성 거래가 이루어진다.

아름다운 아가씨들이 요즘 들어 부쩍 많이 눈에 띄었다.

거의 다 우즈베키스탄이나 카자흐스탄에서 넘어온 슬라브족 아가씨
들이었다.

루돌프 슈타이터는 50이 넘은 나이임에도 불구하고 그 아가씨들을
보자 몸을 사고 싶은 충동이 끓어올랐지만 이내 단념했다.

당뇨로 인해 발기가 되지 않았기 때문이다.

미안한 마음에 마누라에게 자위기구를 선물한 것이 벌써 몇 해 전이었다.

루돌프는 제일 싸구려 술병을 하나 사들고는 여자들과 수작을 벌이고 있는 군인들 쪽으로 다가갔다.

"요즘 극동 전선 쪽의 상황이 어떤지 궁금하군요, 군인양반."

루돌프의 질문에 장교 한 명이 돌아봤다.

"소강상태요. 뭐, 대규모 공습이 있을 거라는 소문은 있지만, 공격받으면 똑같이 공격하면 되는 거 아니겠소?"

"그렇군요."

"극동관구 사령부 쪽에 블랙드래곤이라는 교황청 소속의 기사가 있다던데 맞나요?"

장교는 어깨를 으쓱하면서 귀찮은 듯 대답했다.

"시베리아 전선에서 그를 모르는 사람이 누가 있겠소. 하지만 죽었다는 소문이 있더군."

"죽어요?!"

루돌프는 가슴이 철렁했다.

"이르쿠스크의 바이칼호 주변에서 행방불명됐다는 소문도 있고, 더 이상은 몰라요."

장교는 여자의 어깨를 안고는 방해받고 싶지 않다는 듯 그 자리를 떠났다.

'이런!

루돌프는 1천 달러가 허공에 날아가는 것같이 느껴졌다.

“이봐, 자네 택시기사인가?”

루돌프는 뒤에서 들려오는 소리에 고개를 돌렸다.

루돌프는 택시회사의 노랑 유니폼을 입고 있었기 때문에 술집에서
는 눈에 띄었다.

얼굴이 붉은 청년이 꼬냑을 들고 서 있었다.

크루거였다.

“그렇습니다만…….”

“이 도시에서 가장 물 좋은 술집이 어디야?”

“물이…… 좋다뇨?”

“예쁜 계집들이 제일 많은 곳 말야.”

“그런 의미라면 이 일대에서는 이곳이 가장 물이 좋다고 볼 수 있는
뎁쇼.”

“빌어먹을. 우즈베키스탄 촌년들뿐이잖나! 마피아들이 모스크바
쪽에서 온 반반한 계집들을 데리고 장사를 하는 술집이 있다던데 말
야.”

크루거는 이미 이 술집에 도착을 해서는 위층에서 한탕 뛰고 내려오
는 길이었다.

몸매와 얼굴은 반반했지만 침대 위에서의 기술은 영 서툴렀다.

배설에 급한 군인 놈들만 상대하다 보니 서비스 정신도 영 엉망이었
고 다리만 벌리고 있으면 다인 줄 아는 계집애였다.

입맛만 버렸다는 생각으로 다시 더 근사한 집을 찾기 위해 나가려던
참에 택시기사 복장을 한 사내가 눈에 띄어서 돌려 세운 것이다.

대부분의 택시회사들은 마피아들이 운영하고 있었기 때문이다.

순간적으로 루돌프 슈타이터는 호텔에 있던 그 금발머리를 떠올랐다.

"어떤 여자를 찾으시는지요?"

"세련될수록 좋고 자연산일수록 좋아."

"자연산이라면?"

"술집 아가씨 아니라도 상관없다는 뜻이지. 좌우지간 이 도시에서 가장 예쁜 계집애가 어디에 있느냔 말야, 내 말은."

"무조건 예쁘고 늘씬하면 된다는 말씀이십니까?"

"그래, 마피아 보스 년의 정부도 상관없어."

라스푸틴만 끌고 가면 어떤 년인들 무슨 상관이랴. 밀라네 데 드보라를 놓친 것이 못내 미련이 남고 아쉬웠던 크루거였다.

루돌프 슈타이터는 앞에 있는 이 청년이 취해서 횡설수설하고 있는 것으로 생각했다.

'원 세상에, 마피아의 정부라니…….'

"정확한 정보를 알려주는 것에 한해서 이것을 주지."

크루거는 백 달러짜리 지폐 한 장을 꺼내서 루돌프의 얼굴 앞에 대고 흔들어 보였다.

루돌프는 눈이 휘둥그레졌다.

또 백 달러짜리 지폐였다.

블랙드래곤이 행방불명되어 1천 달러는 물 건너갔다고 생각한 판에 다시 백 달러가 눈에 떡 나타난 것이었다.

행운도 이런 행운이!

"외국인이어도 상관없습니까?"

“외국인?”

“영어를 쓰는 것 같았습니다, 공항에서 태우고 호텔에 내려줬는데 기가 막힌 미녀였습죠.”

“혼자였나?”

“물론이구말구요! 더군다나 그녀가 투숙한 방까지 제가 알고 있습니다만……..”

“흠, 미국 년이라.”

크루거는 단번에 호기심이 땡겼다.

미국 년이라면 러시아 촌년들과는 달리 색다른 맛이 있을 것이다.

더군다나 혼자 투숙했다면 혼자 가서 처리해도 충분할 듯싶었다.

라스푸틴은 블랙드래곤인지 뭔지 동양인 자식과 함께 병원에 있었다.

라스푸틴은 무슨 요술을 부렸는지 이미 숨이 끊어진 놈을 재주도 좋게 살려놓은 것이다.

그리고 그 피투성이가 된 동양인 놈을 수술시키기 위해 병원으로 들어간 것이다.

크루거는 차를 병원에 주차시켜 놓고는 택시를 타고 곧바로 술집으로 직행한 것이었다.

“좋아, 날 그리로 안내해, 단 조건이 있다.”

“말씀하십시오.”

“그 계집애가 호텔 방문을 열고 얼굴을 밖으로 디미는 조건이다. 알겠나?”

문을 열어주지 않고 호텔 방 안에서 경찰을 부르면 물거품이었다.

경찰 앞에서 대놓고 계집을 강간할 수야 없잖는가.

“그 정도야 자신있습니다요!”

루돌프 슈타이터는 얼굴이 확 밝아지며 자신도 모르게 큰 소리로 대답했다.

Act 6

Puis de nouveau les guerres suscitees.

Puis de nouveau les guerres suscitees.

"마드모와젤~! 택시 운전수 루돌프 슈타이터입니다."

무식한 루돌프는 마드모아젤이 무슨 뜻인지는 정확히 몰랐다. 하지만 귀부인들을 그렇게 부르는 것을 영화에서 본 적이 있기 때문에 되지도 않은 말로 일단은 높여 불렀다.

호텔에 전화를 해서 객실 안내를 통해서 크리스티안을 찾은 것이다.

택시 안이었다.

뒷자리에서는 크루거가 귀를 쫑긋 세운 채 듣고 있었다.

"지금 제가 모시고 가는 손님께서 블랙드래곤의 행방을 아신다고 합니다만, 직접 만나뵙고 말씀드린다고 하셔서 말입니다."

크루거는 느닷없이 블랙드래곤이라는 이름이 택시기사의 입에서 나오자 움찔했다.

—오우, 굿! 당장 호텔로 데리고 오세요!

번역기를 통해 나오는 억양없는 음성이었지만 소리가 갑자기 커진 것으로 보아 흥분하고 있음이 틀림없다고 루돌프 슈타이터는 생각했다.

아마도 블랙드래곤과 사랑하고 있는 사이일 것이다. 그렇지 않고서야 외국에서 머나먼 이 시베리아 구석까지 찾아오겠는가.

더군다나 시베리아는 전쟁 중이었다.

—그럼 1층 로비 라운지에서 기다리세요, 식사를 마치는 대로 내려갈 테니까.

"그런데 그게…… 저…….."

—무슨 문제가 있나요?

"예, 마담. 블랙드래곤이란 분은 군부대의 1급 비밀에 속해서 공공연한 장소에서 정보를 알려주기가 곤란하다고 이분께서 말씀하고 계십니다만……."

—그래요? 그럼 프런트에 연락을 해놓을 테니 직접 모시고 올라오세요. 내 방은 알지요?

"네, 메모지를 가지고 있습니다요. 69층 최상층의 프레지덴셜 로얄 스위트룸…… 맞지요?"

—오케이! 빨리 오세요.

탁!

루돌프는 십 년도 넘게 사용한 휴대폰의 플립을 힘차게 닫았다.

결혼 10주년 선물로 와이프에게 받은 삼성전자가 만든 휴대폰이었는데 겉은 낡았지만 통화음은 쨍쨍했다.

"만족하십니까?"

루돌프는 뒷자리의 싸가지없는 청년에게 친절한 어투로 물었다.

돈을 받기 전까지는 배알이 꼴려도 참을 수밖에 없다.

"그 여자가 블랙드래곤을 찾고 있나?"

"그렇습니다요. 블랙드래곤이 있는 곳을 알려주면 1천 달러를 준다고 해서 나름대로 알아봤지만 행방불명인데다가 이미 죽었다는 소문이 파다하더군요."

"그래?"

크루거는 이 우연한 행운에 내심 고소를 금치 못했다.

블랙드래곤인지 지렁이 새끼인지는 지금 병원에서 수술을 받고 있을 터였다.

병원의 위치를 이야기해 주면 1천 달러가 졸지에 생길 수도 있는 상황이었다.

거기다 계집년까지 따먹으면 그야말로 일석이조 아닌가 말이다.

LG타워 호텔 앞에 내린 크루거는 까마득히 솟아 있는 온통 푸른 유리로 된 건물을 보고는 내심 감탄했다.

블라디보스톡에도 이런 호텔은 없었다.

중앙아시아에서 최고의 호텔이라더니 헛소문은 아닌 것 같았다.

루돌프가 프런트 데스크의 안내와 이야기를 주고 받을 동안 호텔 로비를 둘러보았다.

바닥도 얼굴이 그대로 비칠 정도로 잘 다듬어진 대리석이었고 로비 중앙에는 어른 허벅지만한 굵기의 대나무들이 천장으로 까마득히 솟아 있었다.

일본인들과 한국인들의 자본이 일시에 러시아에서 빠져나간다면 러시아가 하루아침에 망한다는 말이 있었다.

일본이 사라진 지금으로서는 러시아의 최대 투자국이 꼬레아였다.

문득 그 망할 놈의 카레이스키 초이란 놈의 얼굴이 떠올랐다.

기사 시험에 합격했으니 모스크바에서 결국은 마주칠 것이다.

다시 마주치는 날을 놈의 제삿날로 만들어줄 것이다.

만일 그놈의 애인이라는 나타샤라는 년이 그곳에 같이 있다면 납치해서 개처럼 끌고 다니면서 능욕을 한 후에 사창가에 팔아넘기겠노라고 수십 번도 더 곱씹으면서 치를 갈았다.

"됐어요, 갑시다."

루돌프의 목소리에 이를 갈던 크루거는 상념에서 깨어났다.

"저쪽 엘리베이터를 타면 된답니다."

티크나무로 된 초호화 엘리베이터들이 죽 늘어서 있었다.

"이런 곳의 프레지덴셜 로얄 스위트룸이라고?"

크루거는 엘리베이터에 들어서면서 버튼을 누르는 루돌프에게 물었다.

"방금 프런트 데스크에서 물어봤는데 하룻밤 사용료가 5천 달러라고 하더군요."

"뭐야?! 5천 달러?"

"워낙 값이 비싸서 평상시에는 비어 있고 국가원수급들이나 기업의 총수들, 세계적으로 유명한 사람들이 가끔 사용한답니다."

크루거는 입을 딱 벌렸다.

5천 달러면 도대체 루불화로 얼마란 말인가?

"그 여자는 유명인인가?"

"알 수 없지요."

"하룻밤에 5천 달러나 하는 방에 투숙하는 여자가 보디가드나 수행원들이 없다는 게 말이 되는가 말야."

루돌프는 크루거를 물끄러미 보았다.

자식뻘밖에 안 되는 놈이 꼬박 반말투였고 명령조였다.

'싸가지없는 새끼.'

"혼자 공항에 내린 것을 내 눈으로 확인했고 투숙할 때도 분명히 혼자였습니다만, 지금은 혼자 있는지는 잘 모르겠습니다."

"뭐야?"

"애초에 예쁜 여자만 알려달라는 조건이었잖습니까?"

"그, 그건 그렇지."

"5천 달러나 되는 방에 투숙한다는 것을 듣고는 괜한 짓을 하고 있는 게 아닌가 속으로 후회하고 있는 중입니다."

"1백 달러 받기 싫은가? 3천5백 루불이야."

"1백 달러 때문에 내 인생이 망가질 수도 있다면 다시 생각해 봐야겠죠? 목숨을 걸 순 없잖습니까?"

"그래서?"

"2백 달러 더 주십시오."

"뭐야?"

"단 혼자 있을 경우에 말입니다. 만일 수행원들과 같이 있다면 한 푼도 안 받겠습니다."

크루거는 어처구니가 없다는 얼굴로 이 늙은 능구렁이 택시기사를 노려봤다.

때앵―

순간 맑은 종소리가 나면서 엘리베이터의 문이 스르륵 소리없이 열렸다.

"내키지 않으신다면 전 곧바로 내려가겠습니다."

루돌프는 1층 버튼을 눌렀다.

다시 문이 스륵 닫혔다.

"빌어먹을! 안내해."

크루거는 문 사이에 발을 집어넣고는 다급하게 외쳤다.

3백 달러로 로얄 스위트룸에 묵고 있는 외국 계집년을 해치울 수 있다면 싼 것이다.

설령 수행원들이 있다면 한 푼도 줄 필요 없으니까 밑져야 본전인 셈이다.

"계산부터 하셔야겠습니다만."

루돌프는 씨익 웃었다.

이미 프런트 데스크에게 물어서 알고 있었다.

여자에게 수행원은 없었으며 혼자 투숙한 사실을 확인한 터였다.

크루거는 하는 수 없이 3백 달러를 내밀었다.

만일 수행원이 있다면 호텔 밖으로 나가 이 능구렁이 운전사를 개 패듯이 패서는 반쯤 죽여놓으리라, 라고 속으로 이를 갈았다.

엘리베이터에서 나오자 복도의 높은 천장에는 휘황찬란한 크리스털 샹들리에가 달려 있는 것이 눈에 띄었다.

낮인데도 불구하고 불을 켜놓았기 때문에 마치 샹들리에는 수천 개의 다이아몬드가 반짝이는 듯했다.

복도 역시 거울같이 잘 다듬어진 대리석으로 되어 있었고 복도 중앙으로 발목까지 푹푹 빠지는 붉은 카펫이 깔려 있었다.

루돌프는 메모지의 방 번호를 확인하고는 복도 제일 끝에 있는 방문에 걸려 있는 순 은제 고리를 잡고는 탁탁 노크를 했다.

"열려 있어요. 들어오세요."

안에서 조그마한 소리가 들렸다. 역시 번역기를 통해서 나오는 억양

없는 목소리였다.

루돌프는 조심스럽게 문을 열고는 안을 살펴본 다음에 스위트룸 안으로 들어섰다.

거실과 식당까지 갖춰진 엄청난 넓이였다.

"들어오세요, 식사 중이니까 잠시만 기다려 주시겠어요?"

호텔 가운을 입은 채 머리를 수건으로 틀어 말아 올린 크리스티안이 식탁의 의자에서 일어서면서 한쪽을 가리켰다.

순간 크루거의 눈이 휘둥그레졌다.

굉장한 미모의 여자였다.

호텔 가운의 허리띠를 대강 졸라맨 것으로 보아 허리가 한 줌도 안 될 듯한 날씬한 몸매였으며 가운 사이로 얼핏 비치는 가슴은 러시아 여자들에게서 보기 힘든 대형 젖가슴이었다.

수술을 했을 게 뻔했지만 그야말로 약간 오버해서 농구공만한 가슴을 가지고 있는 크루거의 취향에 백퍼센드 정확하게 들어맞는 여자였다.

1천 달러를 받아내는 게 문제가 아니었다.

블랙드래곤의 소재를 숨기고 일단 해치우고 나서 애인으로 삼는 게 낫다는 판단을 순식간에 내렸다.

계집이 블랙드래곤의 애인이든 뭐든 아랫도리 기술로 여자를 단숨에 사로잡아 가로챌 자신이 있었기 때문이다.

자신도 모르게 호주머니에 항상 비상용으로 가지고 다니던 비아그라를 확인했다.

약 백 개 정도의 미국에서 직수입한 오리지널 비아그라가 담겨져 있는 작은 비닐팩이 손 끝에 만져졌다.

크루거는 온몸의 혈관이 순식간에 팽창되는 것을 느꼈으며 몸 중간
에 있는 물건에 불끈 힘이 들어가고 있음을 느꼈다.

중앙 거실 쪽으로 향하면서 크루거는 주위를 두리번거렸다.

"이제 전 가봐도 좋겠습니까?"

"이곳엔 방문이 여러 개군. 모조리 열어보고 사람이 없을 경우엔 나
가도 좋다."

루돌프는 하는 수 없이 방문마다 열어 보였다.

"전 갑니다. 잘해보십시오."

루돌프는 도둑질을 하기라도 하듯이 뒤꿈치를 들고는 살그머니 출
입문 쪽으로 나갔다.

"어딜 가나요?"

식당에 앉아 있던 크리스티안이 루돌프를 발견하고는 물었다.

식당 쪽에서 출입문 쪽은 정면으로 보였다.

"차에 잊고 온 게 있어서…… 금방 내려갔다 오겠습니다요."

대충 얼버무린 루돌프는 재빨리 방문을 닫고는 걸음아, 나 살려라
하고 엘리베이터를 향해 뛰었다.

150평도 넘을 듯한 로얄 스위트룸이었다.

크루거는 실내를 둘러보면서 기가 질렸다.

잡지에서 보았던 뉴욕 맨하탄 식의 실내 인테리어와 주침실과 욕식,
거실과 다이닝룸, 그리고 수행원 침실 2칸과 초현대식 주방시설까지
갖추어진 곳이었다.

욕실 자체만 해도 이십 평쯤 될 듯한 크기에 순은으로 된 서너 명이
들어가도 충분할 듯한 대형 욕조에는 방금 전에 목욕을 끝내고 나온

듯 김이 피어오르고 있었으며 수면은 붉은 장미꽃잎으로 덮여 있었다.

바닥에 박혀 있는 욕조 안에서 몸을 담그고는 전면 유리창을 통해서 시가지 전경을 볼 수 있게끔 되어 있었다.

마치 구름 위에서 떠서 목욕하는 기분이 들 것이라는 생각이 들었다.

모두 실버메탈 색이었고 주전자나 화병 등은 모두 순은으로 된 모던한 디자인이었다.

주침실 문을 열자 화려하지 않으면서 세련됨과 고급스러움이 물씬 풍기는 가구들이 눈에 띄었다.

럭셔리한 대형 침대의 휘장과 명화집이나 달력에서 많이 본 듯한 피카소의 그림과 비슷한 거대한 추상화가 걸려 있고 발치 쪽으로는 200인치 대형 벽걸이형 텔레비전이 벽을 꽉 채우게 걸려 있었다.

각 룸과 이어지는 중앙 홀에는 갖가지 예술품이 진열돼 있으며 천장이 높게 설계되어 있어 과거에 이곳에서 묵었던 귀빈들의 사진이 벽면 한쪽에 걸려 있었다.

모두 낯익은 사람들이었지만 크루거는 뉴스나 세계시사 문제 같은 것에는 애초부터 관심이 없었기 때문에 정확히 누군지는 몰랐다.

그들은 중국의 장쩌민 주석과 이붕 총리, 일본의 하시모토 전 총리, 그리고 터번을 두른 아랍의 국왕들과 부시 전 대통령, 테니스의 요정으로 불리웠던 마리아 샤라포바와 헐리우드 영화배우인 웨슬리 스나입스와 그의 한국인 아내 박나경의 사진이었다.

"블랙드래곤의 소식을 아신다구요?"

크루거는 넋을 잃고는 구경하다가 뒤에서 들리는 목소리에 움찔했다.

허리띠에 번역기를 찬 크리스티안이 맨발인 채로 걸어왔다.

가까이에서 보자 더욱 뇌쇄적인 몸매와 육감적인 입술을 가진 여자였다.

"그렇소, 좀 전까지도 그와 같이 있다 오는 길이니까."

크리스티안의 눈이 휘둥그레졌다.

"정말인가요?"

"당장 확인시켜 줄 수도 있소."

크리스티안으로서는 뜻밖이었다.

이미 러시아의 신문과 방송을 통해서 블랙드래곤이 행방불명되었다는 것쯤은 알고 있었다.

운 좋으면 행방불명된 뒤로의 블랙드래곤의 소식이나 들을 수 있을까 했던 것이었다.

"확인시켜 주세요."

"물론. 그전에 먼저……."

크루거는 말을 멈추고는 룸 입구 문을 향해 걸어가서는 문을 잠그고 락장치를 내렸다.

"뭐 하는 짓이에요!"

크리스티안이 날카롭게 소리를 질렀다.

"알려주기 전에 한번 하자는 짓이지 뭐겠어."

크루거는 욕정으로 번들거리는 눈빛으로 웃통을 확 벗어젖혔다.

Act 7

Puis de nouveau les guerres suscitees.

반구형 케틀럼 수술 조명등 밑에서 막상 수술을 하기 위해 환자의 상태를 체크하던 집도의들은 경악을 금치 못했다.

외상은 없었지만 주먹만한 크기의 검은 반점들로 몸통이 온통 뒤덮여 있었다.

엑스레이 촬영을 해본 결과 갈비뼈는 모조리 부서져서 가루가 되어 있었으며 뼈의 관절들은 죄다 탈골되어 있었고, 내장기관들은 충격에 의해 괴사를 일으키고 있었다.

그런데도 숨을 쉬고 있었으니 경악하는 것은 당연했다.

한상의 몸체에 난 검은 자국들은 발칸포에 맞아 난 멍자국이었다.

스타라이트 경면 옷감으로 만든 외피를 입고 있었기 때문에 총알이 뚫고 들어오진 못했지만 맞은 부위는 고스란히 충격을 받았으며 뼈가 부러지고 근육이 파괴되었던 것이다.

"이봐, 놀랄 것 없다고."

우렁거리는 목소리에 의사들은 흠칫 뒤를 돌아보았다.

커다란 사내가 뒤에 서 있었다.

"그냥 부러진 뼈를 제거하고 인조골격으로 대체수술을 하란 말이다. 알겠나?"

의사들은 수술실의 문을 동시에 돌아보았다.

분명이 ROCK이 걸려 있었다.

어떻게 이 사내가 들어왔는지 납득을 할 수 없었기 때문에 어안이 벙벙한 눈빛으로 서로를 바라보았다.

갑자기 라스푸틴 헉스는 커다란 손을 들어서는 의사 두 명의 머리를 움켜쥐었다.

순간 두 의사의 동공이 초점을 잃었다.

옆에 붙어 있던 간호원 두 명이 흠칫 놀라며 뒷걸음질쳤지만 라스푸틴이 앞으로 뻗은 손에 의해 더 이상 꼼짝할 수가 없었고 현기증을 느끼고는 줄에 매달린 허수아비처럼 수술대 옆으로 세워졌다.

심전도와 계기판을 담당하고 있던 다른 간호원이 그 광경을 목격하고는 의자에서 벌떡 일어났으나 마찬가지로 핑 도는 현기증을 느꼈고 스륵 의자에 주저앉았다.

"이제 수술을 시작한다. 모든 부서진 뼈는 적출하고 그 자리에 티타늄으로 된 골격을 삽입하는 것이 너희들이 할 일이다."

라스푸틴은 음산하게 뇌까렸다.

의사와 간호원들은 알아들었다는 듯 수술 톱날과 메스를 집어 들었고 간호원은 재빨리 혈액주머니의 링거를 조절했다.

그리고는 일사불란한 동작으로 한상의 몸을 해부하기 시작했다.

짜아악!

크루거는 크리스티안의 가운을 거칠게 잡아 찢었다.

"이 개자식! 내가 누구……! 악!"

크루거의 주먹이 크리스티안의 턱을 강하게 쳤다.

"알 게 뭐야. 중요한 것은 넌 암컷이고 난 수컷이라는 것이지."

크루거는 크리스티안의 머리채를 휘어잡고는 침실 쪽으로 질질 끌고 갔다.

턱을 맞은 크리스티안은 순간적으로 패닉 상태가 되어 축 늘어져 버렸고 사정없이 침대에 대동댕이쳐졌다.

"그리고 여기는 침대가 있는 호텔방이고 말야."

크루거는 가죽 점퍼를 확 벗어젖혔다.

가로로 누워도 충분한 넓이의 굉장한 침대였다.

"처음 만난 사이라 낯설겠지만 곧 익숙해지고 우린 사랑을 하게 될 거야. 그렇지 않냐?"

크리스티안은 정신을 차리기 위해 고개를 흔들었다.

부욱!

찢겨진 옷을 크루거가 잡아당겼고 그나마 몸을 가렸던 가운 조각도 사라지자 크리스티안은 전라(全裸)의 몸이 되었다.

크루거의 눈이 휘둥그레졌다.

그야말로 플레이보이 잡지에서나 볼 수 있던 완벽한 글래머의 몸을 가진 계집이었다.

3백 달러로 이런 미인이라면 거저 주운 것이나 다름없었다.

말 그대로 횡재였다.

크루거는 바지부터 훌렁 벗어 던지고는 크리스티안의 몸에 올라탔다.

그런 다음 상의 티셔츠를 벗었다.

그 찰나 계집이 맹렬한 기세로 크루거의 가슴팍을 밀면서 튕겨 일어났다.

크루거가 뒤로 벌렁 자빠지자 크리스티안은 사슴처럼 재빨리 침대에서 뛰어내려 와 비명을 지르면서 전화기를 잡았다.

"아악!"

하지만 채 버튼을 누르기도 전에 크리스티안은 머리채를 잡혀서는 다시 바닥에 팽개쳐졌다.

크루거는 크리스티안을 깔고 앉아 머리채를 잡은 채 키스를 했다.

"윽!"

순간 크루거는 입술이 떨어져 나갈 것 같은 고통에 신음을 토했다.

그녀가 크루거의 입술을 물어뜯은 것이다.

입 안에서 순식간에 찝찔한 피비린내가 가득 찼다.

퍼억!

크루거는 화가 머리끝까지 치밀어 올라 사정없이 계집의 명치를 주먹으로 내질렀다.

"헉!"

크리스티안은 엄청난 충격에 입을 딱 벌렸지만 김 빠지는 소리만 터져 나왔다.

크루거는 가슴을 부여잡고 끅끅거리는 크리스티안의 머리채를 휘어잡고는 침대 위로 내동댕이쳤다.

그야말로 앙칼진 암컷이었다.

이런 계집을 해치우고 길들이는 것은 각별한 재미가 있었다.

17살 때 자신을 가르치던 가정교사도 이런 식으로 해치웠으며 끝내는 자신에게 길들여져 죽자사자 매달렸었던 것을 기억했다.

결혼한 지 채 1년도 안 됐던 여자였다.

크루거의 방에서 그 짓을 하는 것을 들킨 후 가정교사는 해고됐지만 그 후에도 밖에서 계속 만났으며 결국 남편에게 들켜서 권총으로 살해 당했고 남편 역시 자신의 머리를 쏘아 자살해 버렸다.

"병신 같은 놈. 남편 몰래 바람피운 년 때문에 자살을 하다니 멍청한 새끼 아냐? 널린 게 여자인데 말야."

그 소식을 듣고 크루거가 내뱉은 말이었다.

크루거는 애초부터 죄의식이라든지 윤리개념 같은 것과는 거리가 먼 인간이었다.

사실 가정교사에게 매력을 느낀 것은 처음 그녀가 반항 때의 잠깐뿐 이었고 그 다음엔 곧바로 흥미를 잃어버렸으며 그 후에는 단순한 배설 대상으로만 여겼다.

그런 크루거였으므로 표독스럽게 덤벼드는 크리스티안의 행동은 불에 기름을 끼얹은 것과 다름없었다.

크루거의 욕정에 더욱 불을 지른 결과만 초래했을 뿐이다.

다시 숨을 몰아쉬던 크리스티안의 옆구리에 크루거의 주먹이 틀어박혔다.

크리스티안은 비명도 못 지르고 옆으로 힘없이 쓰러졌다.

크루거는 크리스티안을 올라탄 후에 허벅지를 주먹으로 다시 한 번 더 내리찍었다.

굳게 오무라졌던 다리가 예외없이 활짝 벌어졌다.

바로 이것이 계집애를 강제로 해치우는 크루거의 노하우였다.

그 다음부터는 수순대로 입술과 손가락을 동원해서 온몸을 집요하게 애무하면 여자의 이성과는 상관없이 몸 자체가 남자를 받아들일 준비를 하게 되는 것이다.

그때 타이밍을 맞춰 삽입하면 제아무리 반항하던 계집들도 반항을 멈추고는 자신도 모르게 남자를 끌어안게 되어 있었다.

그것은 크루거에게 공식이었고 진리였다.

크루거의 손이 잘 다듬어진 삼각숲 사이를 헤치고 들어갔다.

이미 계집의 몸은 반응을 보이고 있었다.

유두는 성난 듯 바짝 곤두섰으며 아래 손끝으로는 미끈거리는 점액질이 손끝에 묻어났다.

크루거는 점액질이 묻어 있는 손끝으로 자신의 분신을 받아들일 준비를 마친 여자의 몸 안으로 힘껏 디밀었고 크리스타안은 작살맞은 장어처럼 경련을 일으켰다.

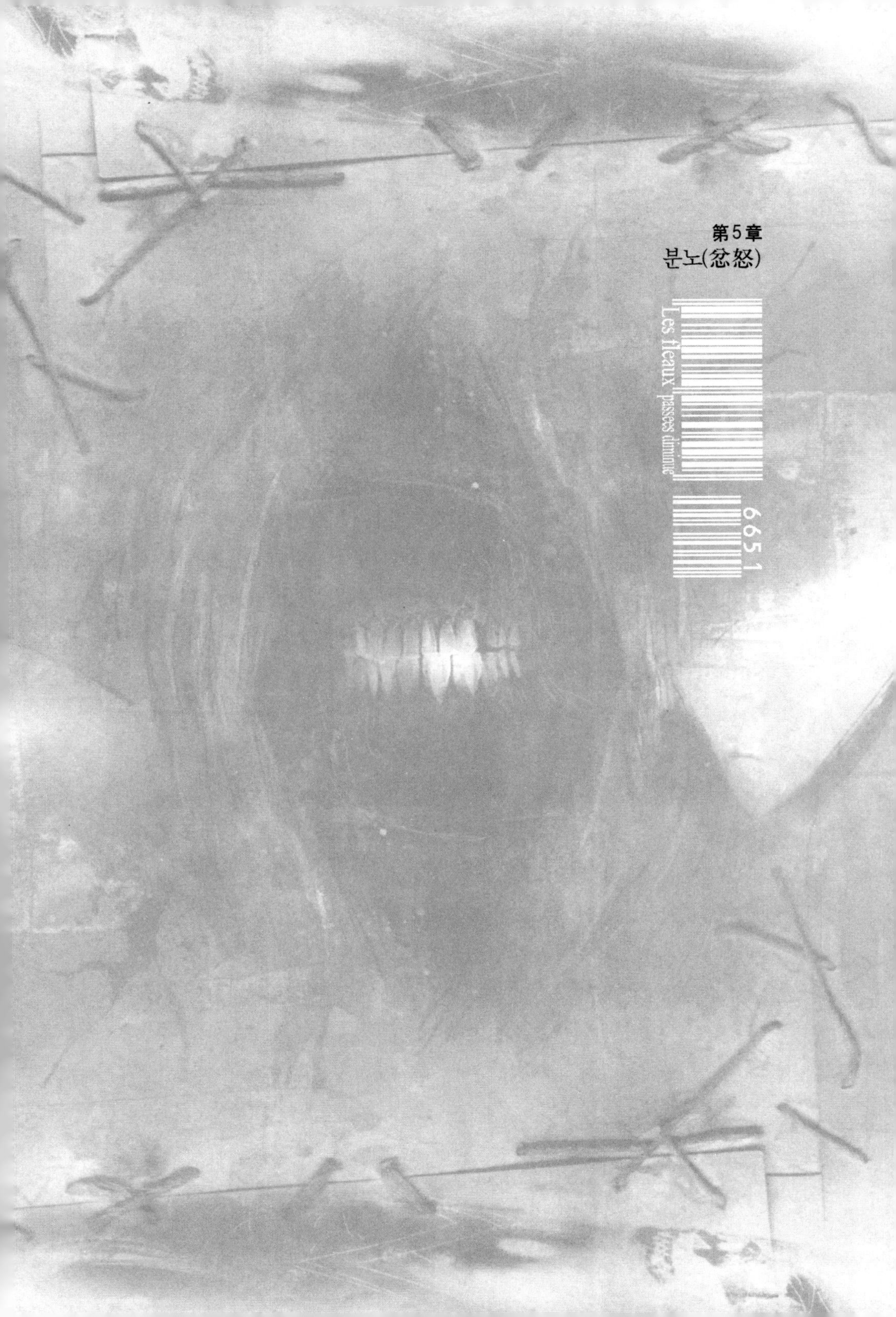

第5章
분노(忿怒)
Les fléaux passées diminue
6651

Act 1

Puis de nouveau les guerres suscitees.

Puis de nouveau les guerres suscitees.

초이는 캠핑카에서 멀리 떨어져 계곡의 벼랑 밑에서 결가부좌를 하고 있었다.

하늘에서 에너지가 쏟아져서 들어온다는 생각을 하면서 대한민국을 한자한자 끊어서 속으로 외치기 시작했다.

그것으로 이미 공중부양 경험을 했기 때문에 멍키영감의 말을 굳게 믿고 있었다.

이러한 초이의 변화는 놀라운 것이었다.

예전의 초이라면 콧방귀를 끼고 웃고 넘겼을 테지만 죽어서 사후세계를 경험한 뒤로는 정말로 세상이란 것은 인간의 인식, 상식 밖의 무한한 것들이 넘쳐 나고 있음을 알게 되었던 것이다.

그에 비해 일반 인간들이 가지고 있는 인식의 범위라는 것은 지극히 평면적이었으며 가축이나 짐승과 별반 다를 게 없다는 것도 알게 되었다.

그러한 것들이 밑바탕되어서 순식간에 공중부양을 경험하게 된 것임을 초이는 어렴풋 느끼고 있었다.

기에 대한 이해를 쉽게 받아들이고 믿은 결과였다.

초이는 곧바로 무아경에 빠져들면서 별안간 자신의 체중이 빠져나가는 듯한 상태를 느꼈다.

동시에 몸이 강하게 들먹여지는 상태에서 무중력 상태의 감각으로 빠져들었다.

그것은 먼젓번에 느꼈던 공중부양 때와 같은 느낌이었다.

이리 쏠리고 저기 쏠리던 체내의 자장이 마침내 세포 끝까지 확 팽창된 감을 느낌과 동시에 체중감이 완전히 사라져 버렸다.

그것은 한참 열을 가하던 가마솥에서의 물이 부글부글 끓다가 별안간 수증기가 팽창하면서 솥뚜껑이 들먹여지는 것과 같은 이치였다.

초이는 주위로 안개 같은 것이 몰려들어 자신을 싸는 것을 느꼈다.

그렇다! 바로 이것이 초이를 들어올렸던 그 생체 에너지였다.

황홀감이 전신을 휘감았다.

바로 자신의 몸을 에워싼 에너지와 우주의 생체 에너지가 연결되고 있음을 초이는 눈을 감은 상태에서 자각할 수 있었다.

그것은 유체상태가 되어 지구 궤도권 밖을 날 때의 느낌과도 같았으며 자신이 날 수 있다는 것을 어렴풋 느꼈다.

초이는 눈을 스륵 뜨고는 몸을 일으켰다.

마치 무중력 상태에 있는 것처럼 팔다리가 가벼웠다.

'응?'

몇 미터 떨어진 곳에서 낚시 의자를 놓고 턱을 괸 채 이제나저제나 지켜보고 있던 멍키영감은 초이가 일어나는 것을 보고는 멈칫했다.

한 시간 동안 노라와 야곱은 나무 뒤에 몸을 숨기고는 바싹 긴장한 채 절벽 밑에 도사처럼 양반다리를 하고 있는 초이를 훔쳐보고 있었다.

"캠 배터리는 충분하죠?"

핸디 21 캠에 눈을 붙인 채 지켜보는 야곱을 향해 물었다.

"두 시간 정도는 여유가 있어."

"잘 찍어야 해요, 또 어떤 현상이 일어날지 모르니까."

"물론."

"아우, 추워 죽겠네. 저 인간은 홀랑 벗고 춥지도 않나. 아무래도 안 되겠어요, 가서 뜨거운 커피 한 잔 가져올게요."

노라가 몸을 움츠리면서 드드드 떨어댔다.

멀리 절벽 밑에서 초이가 가부좌를 틀고 있었고 그 옆에서는 멍키영감이 지켜보고 서 있었다.

"초이가 일어났어!"

야곱의 나즉한 소리에 몸을 돌리던 노라는 흠칫했다.

초이가 일어서더니 절벽 위를 올려다보고 있었다.

"암벽타기 훈련을 하려나 봐요. 젠장."

말을 하던 노라의 눈이 갑자기 휘둥그레졌다.

투웅!

초이의 무릎이 구부러지는가 싶더니 위로 펄쩍 뛰었다.

순간 초이의 몸은 마치 위에서 끌어당기는 것처럼 절벽 위로 쑤욱 솟구쳐 올라가는 것이 아닌가?!

아니, 정확히 말하자면 뛰어올라 가는 게 아니고 날아올라 간 것이다.

"어, 어라?! 나, 날았어?"

노라는 자신의 눈을 비볐다.

이십 미터 높이는 족히 될 듯한 절벽 위를 날아올라 간 것이다.

"그봐, 임마. 되잖아!! 거기서 이젠 나무 위로 뛰어라!"

밑에서 멍키영감이 환호를 하면서 소리치는 게 보였다.

"미, 미친! 저기서 뛰어내리라고?"

"조용히 해, 들키겠어."

야곱의 말에 노라는 몸을 일으키려다 말고 다시 얼른 엎드렸다.

슈욱!

초이가 절벽에서 몸을 날리는 게 보였다.

노라와 야곱은 눈을 질끈 감았다.

아무리 눈이 쌓여 있다 하더라도 저 높이에서 떨어졌다가는 즉사, 아니면 평생 불구가 될 게 뻔했다.

"거 바라—아!!"

멍키영감의 함성에 둘은 동시에 눈을 뜨고는 앞을 보았다.

자작나무 꼭대기에서 서 있는 것이 보였다.

"맙소사."

노라는 입을 딱 벌렸다.

그것은 중국 영화에서 보던 것과 똑같은 장면이었다.

그런데 강철 와이어 줄에 매달려 크래인으로 움직이는 것이 아니었다.

실제 절벽 위로 몸을 날리고 나무 끝에 날아 내린 것이었다.

초이는 자작나무 꼭대기의 나뭇가지를 밟고는 위태한 모습으로 균형을 잡고 있었다.

그 바람에 쌓였던 눈들이 우르르 밑으로 쏟아져 내렸다.

"성공이다!! 성공이야! 내 말이 맞잖아, 임마!!"

초이는 불현듯 자신이 까마득한 자작나무 꼭대기에 서 있음을 깨닫고는 흠칫했다.

아찔했으며 떨어질 것 같다는 생각을 하는 순간 돌연 자신을 떠받치고 있던 에너지들이 안개처럼 흩어지는 것을 느꼈다.

우지끈!

소리와 함께 체중을 감당하지 못한 나뭇가지가 부러지면서 초이의 신형은 아래로 사정없이 곤두박질치기 시작했다.

떨어져 내리면서 굵은 나뭇가지가 마구 부러져 나갔으며 열댓 개의 가지를 부러뜨리고는 맨 마지막의 굵은 가지에 퉁겼다가 눈바닥으로 떨어졌다.

멍키영감이 놀란 눈으로 멍청하게 서 있다가는 조심스럽게 다가와서는 초이의 몸을 지팡이로 쿡쿡 찔렀다.

"괘, 괜찮냐?"

초이는 한참 만에 숨을 몰아쉬고는 어금니를 악물고 대답했다.

"괜찮아…… 보여요……?"

"아니."

"말 그대로입니다. 내공이란 거…… 연습 안 하면 안 될까요?"

Act 2

"어이, 좋았나?"

크루거는 옆에서 고개를 돌린 채 늘어져 있는 크리스티안에게 물었다.

크리스티안은 움직이지도 않고 대답도 없이 죽은 듯 누워 있었다.

온몸은 격전을 치른 흔적인 땀으로 흠뻑 젖은 채였다. 그건 크루거의 온몸에도 여실히 드러나 있었다.

등짝이 온통 손톱자국으로 어지럽게 긁혀 있었고 가슴팍도 마찬가지였다.

미친 듯 울부짖으면서 크루거의 등짝에 손톱을 박아 넣고는 몸부림을 쳐댔던 것이다.

라스푸틴이 투사해서 보여줬던 마피아의 정부였던 암호랑이 밀레나 데 드보라와 비교해서 결코 못지않는 괴성을 질러댔던 것을 떠올리면서 크루거는 회심의 미소를 지었다.

택시를 타고 호텔에 도착하기 전에 미리 먹어놨던 비아그라가 제때에 효력을 발휘했기 때문에 세 시간 동안이나 격전을 치르고도 물건은 여전히 고개를 세우고 있었다.

크리스티안은 파도처럼 밀려드는 쾌락에 맹렬한 저항을 해보았지만 결국은 대여섯 번의 오르가즘을 연거푸 겪고 나서는 탈진 상태로 손 하나 까딱할 힘도 없었다.

크루거는 몸을 침대 밖으로 뻗어 바지 호주머니에서 담배와 지포라이터를 꺼내 들었다.

"한 대 피우겠나?"

크루거는 다정한 애인 대하듯 담배를 내밀었다.

크리스티안은 손을 움직여 담배를 잡으려 했지만 힘없이 도로 툭 떨어졌다.

"크크큭, 완전연소가 됐군. 넌 정말 괜찮은 년이야."

크루거는 담뱃불을 붙여서는 엎드려 있는 크리스티안의 몸을 뒤집은 다음에 그 입술에 담배를 물려줬다.

담배 끝이 파르르 떨리고 있었다.

아직도 오르가즘의 여운이 피부를 따갑게 만들고 있었고 자궁 속에서 계속 전율이 흐르고 있었다.

크리스티안은 그동안 많은 남자들을 겪었고 애인을 사귀었었지만 이토록 격렬하고 동물적인 섹스는 처음이었다.

울부짖으면서 주먹으로 사내의 가슴을 때리고 귀를 잡아뜯고 입술을 할퀴어댔지만 결코 크루거는 폭주 기관차처럼 멈추지 않았다.

오히려 자신의 뺨을 거칠게 후려치면서 더욱 거세게 밀어붙였던 것이다.

크리스티안의 터진 입술을 짐승처럼 입으로 눌러왔으며 꿈틀거리는

혀가 뱀처럼 자신의 이빨 사이를 파고들었다.

자신을 이렇게 무지막지하게 대한 남자는 없었다.

뺨 맞은 것조차 블랙드래곤 한상에게 처음이었다.

그것으로 인해 한상을 증오하게 됐으며 그 증오는 애증으로 변하여 사랑하는 감정으로 변했던 것이다.

자신이 이렇듯 창녀 취급을 당하자 가슴 내부로부터 그 어떤 짜릿한 전율이 전신을 훑고 지나갔다.

크리스티안의 대뇌는 마비되어 더 이상 저항을 하지 않고 그때부터 사내의 목을 끌어안고 미친 듯 사내의 입술을 빨아댔다.

그것은 부친인 다윗 로스차일드 남작에 대한 반항이었는지도 몰랐다.

눈을 감은 채 담배를 물고 있는 크리스티안을 내려보는 크루거는 다시 혈관이 팽창되기 시작함을 느꼈다.

약간 벌어진 채 연기를 밖으로 흘려내는 그녀의 입술을 보자 그녀의 핑크빛 성기가 연상되었기 때문이다.

크루거는 벌떡 일어나서는 크리스티안의 무릎을 양쪽으로 활짝 벌리고는 이번엔 분신이 아닌 자신의 머리를 그 사이에 박았다.

크리스티안의 눈이 크게 떠졌다가는 눈꺼풀이 파르르 경련을 했고 이내 눈이 감겨지며 입술을 질끈 깨문 이빨 틈 사이에서 신음이 터져 나왔다.

잠시 후 둘은 다시 짐승처럼 울부짖으면서 서로를 미친 듯 요구했다.

그때였다 돌연 크루거의 뇌리를 때리는 듯한 음성이 들렸다.

"꼬마야, 어디 있느냐!"

라스푸틴 헉스의 목소리였다.

"빌어먹을. 어디긴 어디야, 호텔이지!"

크루거는 허공을 보면서 외쳤다.

"뭘 하고 있느냐, 이놈아."

"보면 몰라? 계집년을 타고 있는 게 안 보여?"

크리스티안은 크루거가 허공을 보면서 소리를 치자 더욱 흥분이 고조되는 것을 느꼈다.

이 자식은 보도 듣도 못한 특이한 섹스법을 구사하고 있었다.

러시아 통역기를 착용하지 않았기 때문에 크리스티안으로서는 크루거의 고함 소리가 섹스 버릇이라고 생각했다.

"뭐라고? 이런 의리라고는 눈곱만큼도 없는 놈 같으니라고."

"의리없게 군 게 누군데? 밀레나 그 암호랑이 년을 혼자서 해치우려고 한 게 누구냐고, 이 망할 놈의 영감탱이야!"

"……."

크리스티안은 짐승같이 갸르릉거리면서 크루거의 목에 매달렸다.

순간 라스푸틴의 말도 뚝 끊어졌다.

분명 투시로 자신의 모습을 보고 있을 것이 뻔했다.

크루거는 더욱 격렬하게 몸을 부딪치기 시작하면서 짐승 같은 신음을 토했다.

"능구렁이 영감탱아, 어디 헛물 좀 켜봐라! 크하."

"이놈아!"

갑자기 라스푸틴의 목소리가 천둥처럼 울려 퍼졌다.

윽! 크루거는 자신도 모르게 고막이 터질 것만 같아 귀를 양손으로 틀어막았다.

하지만 소용이 없었다.

"고막 터뜨릴 일 있냐, 이 염병할 늙은 영감아!"

크루거는 소리를 버럭 질렀다.

"네놈 큰일났다! 그 계집년이 누군지나 아느냐!"

"알 게 뭐야! 러시아 황제의 첩이라도 되냐?"

"이놈!! 이 멍청한 놈! 그 계집년은 지구의 주인이라 불리는 자의 일점혈육인 동시에 블랙드래곤의 여자이니라, 이 닭대가리 같은 놈아!"

"뭐라고……?"

"빨리 그년 곁을 떠나지 않으면 넌 죽는다!"

Saturne encor tard sera de retour,
Translat empier devers nation Brodde,

L'oeil arrache a Narbon par autour,
Par autre vents fera dishonore

Un peu de temps les temples de couleurs

Quand le poisson, terrestre & aquatique

Saturne en l'arc tournant du poisson Mars,
Venins chachez soubs testes de Saulmons,
Leurs chefs pendus a fil de polemars.

Act 3

Puis de nouveau les guerres suscitees.

Puis de nouveau les guerres suscitees.

De la partie de Mammer grand Pontife,
Subjuguera les confins du Danube,
Chasser les croix par raffe ne riffe,
Captifs, or, bagues, Plus ne cent mille rubies

다윗 로스차일드 남작은 그의 서재에서 많은 서류하고 검토하고 마침내 하나 남은 서류를 집어 들고는 생각에 잠겼다.

그 서류는 이스라엘의 요셉 총리가 보낸 것으로써 가자지구를 포함한 팔레스타인에 대한 전면적인 공격요청을 허락해 달라는 전쟁승인서였다.

몇 년 전부터 이스라엘에 계속되는 팔레스타인의 극심한 테러로 인해 이스라엘에서는 팔레스타인 종족을 쓸어버려야 한다는 여론이 들끓고 있었다.

그리고 계속 전쟁을 승인해 달라는 요청을 총리로부터 받고 있었지만 그동안은 불가 결정을 내려서 되돌려 보내곤 했다.

팔레스타인은 엄밀하게 따져 보면 국가가 아니었다.

팔레스타인 지역에 조상 대대로 그냥 살았던 아랍 민족이었다.

그러던 것을 이스라엘이 팔레스타인 지역으로 기어들어 가 깃발을 꽂고는 국가 선포를 해버린 것이다.

자신들의 땅을 빼앗길 위기에 처하게 되자 아차 싶은 팔레스타인 사람들은 비로소 국가 건설을 하려고 서둘렀지만 국제 사회에서 국가로 인정받지 못하게 된다.

그러다가 1993년에 이르러서야 오슬로 조약(OsloAccord), 가자 제리코 협정(Gaza Jericho Agreement)에 의하여 팔레스타인을 국가와 동등한 단위로 공식 인정하게 된다.

하지만 팔레스타인 영토는 지금까지도 공식적으로 확정되지 않은 상태였으므로 영토를 국가의 첫째 조건으로 삼는 지금의 제도하에서는 엄밀히 말해서 팔레스타인은 국가라고 볼 수가 없었다.

국가이면서 국경이 없는 나라.

나라이면서 나라가 아닌 희한한 나라가 바로 팔레스타인이었다.

그런 팔레스타인에 대한 전면적인 공격은 자칫 잘못하면 민족학살로 세계에 비춰질 수 있었다.

국가 간의 전쟁이 아니라 이스라엘 민족과 아랍 민족 간의 전쟁으로 번질 우려가 있었기 때문에 가급적 대규모 전쟁은 피해가야 했다.

그렇지만 이스라엘로서도 언제까지 팔레스타인들의 테러에 당하면서 불안하게 살 수는 없는 상황이었다.

다윗 로스차일드는 뒷목이 뻣뻣하게 굳어지면서 당기는 것을 느껴 안경을 벗어놓고는 물소 가죽 의자의 등받이에 몸을 기댔다.

나이가 들면서 어떤 생각에 골몰하면 나타나는 노환(老患) 증세 중 하나였다.

팔레스타인.

참으로 생각할수록 기가 막힌 나라였다.

땅이…… 국경이 없는 나라였다.

팔레스타인을 21세기에 국경이 없는 민족으로 존재케 한 것은 신의 계획이라고 볼 수밖에 없었다.

팔레스타인의 가자 자치 구역을 치게끔 허락을 한다면 곧바로 아랍 민족 간의 단결을 불러올 것이고 이스라엘과 아랍 국가들 간의 일대 전쟁이 벌어지게 되는 건 뻔한 이치였다.

구원의 손길을 뻗는 이스라엘을 미국은 외면할 수 없었다.

결국 성서의 요한계시록에 예언한 바대로 '므깃도'에서의 한판 전쟁은 피할 수 없는 숙명이 될 것이었다.

그 전쟁은 성서에 기록된 대로 북방왕들, 즉 러시아와 중국이 끼어들 것이며 이 세상 종말을 고하는 마지막 전쟁이 될 것임이 분명했다.

성서 역시 그것을 정확하게 짚어내고 예언하고 있었지만 다윗 로스차일드 역시 그 모든 순서를 마치 보기라도 하듯 정확하게 꿰뚫고 있었다.

그것이 운명이고 신이 안배한 계획이라면 피할 수 없었다.

다윗 남작은 이윽고 안경을 다시 고쳐 쓰고는 만년필을 들어 사인을 했다.

전쟁을 허락한다는 자필 서명이었다.

쩌엉―!

순간 다윗 로스차일드 남작은 두개골을 관통하는 듯한 날카로운 충격에 흠칫했다.

웅웅웅웅.

대뇌 속에서 거대한 소리가 웅웅거렸다.

이것이 뭐란 말인가!

굳어진 채 잠시 움직이지 않던 다윗 남작은 숨을 크게 들이켰다.

그리고는 잠시 후에 그것이 무엇인지를 깨달았다.

그것은 혈육(血肉)과 인연(因緣)의 톱니바퀴가 맞물려 돌아가면서 내는 우주의 소리였다.

자신이 그 안으로 끌려들어 가는 운명과 업보가 시작되었음을 알리는 소리이기도 했다.

동시에 그것은 크리스티안의 배란(排卵)이 정자를 만나 자궁에 착상을 했음을 알리는 신호이기도 했다!

다윗 남작은 자리에서 벌떡 일어났다.

그리고는 진동이 오는 쪽을 향하여 선 다음에 양손 엄지 끝으로 관자놀이를 지그시 눌렀다.

투시(透視)였다.

높게 지은 초현대식 빌딩이 상념 속에서 떠올랐고 그것은 곧바로 시신경에 연결되어 시각(視覺)화된 광경을 만들어냈다.

침대에 누워 있는 딸의 모습이 안개처럼 흐릿하게 보이기 시작했다.

그 옆에 벌거벗은 남자의 모습도 흐릿하게 보였다.

다윗 로스차일드는 더욱 정신을 집중시켰다.

사내의 모습이 뚜렷하게 보였다.

맙소사! 그것은 블랙드래곤 한상이 아니었다.

전혀 처음 보는 엉뚱한 놈의 정자에 의해 착상을 한 것이었다.

그렇게 되면 3개월 후에는 자신이 딸의 자궁 속으로 들어가야 했으며 그전에 자신은 늙은 몸을 버리고 죽어야 했다.

하지만 자신의 수명은 아직도 6개월이 더 남은 상태였다.

다윗 로스차일드 남작은 이 망연한 사태에 한동안 굳어져 있다가는 온몸에 힘이 빠져 털썩 의자에 주저앉았다.

딸이 한상을 찾아 러시아로 향한 것을 알았을 때 다윗 로스차일드는 흡족해했다.

만일 한상이 살아있다면 딸과 인연을 맺었을 터였고, 자신은 그 둘의 자식으로 태어나게 되었을 것이다.

앞으로 30년 후 세계통합정부의 지도자가 되기 위해 다윗 남작 자신은 늙은 몸을 버리고 새로 태어나야 했다.

그리고 그 지도자가 동서양의 피를 반반씩 섞은 혼혈이라면 양쪽 어느 쪽에서도 배척을 받지 않을 수 있었기 때문에 기꺼이 블랙드래곤 한상을 자신의 아버지로 선택했던 것이다.

그렇기 때문에 딸의 모스크바행을 눈감아주고 방심했건만…… 그것이 실수였다.

딸을 너무나 잘 알고 있다 장담했던 다윗 로스차일드는 기필코 크리스티안이 한상을 찾아내서 목적을 이루고야 말 것이라고 믿었던 것이다.

그런데 엉뚱한 놈이 끼어들어서 모든 것을 엉망진창으로 만들어놓으려 하고 있었다.

그놈을 찾아내 죽이고 딸을 찾아내어 중절수술을 시켜야 했다.

자신이 죽는 날을 미리 알고 자신이 태어날 부모를 정하는 것은 가능했다.

하지만 자신의 운명 주기와 상관없이 딸아이가 임신을 했다면 그것은 이야기가 달라진다.

자신이 죽은 후에 어느 부모 밑으로 태어날지 알 수 없게 되어버린다.

또한 만일 생명이 깃들기 시작하는 3개월을 넘겨서 아이를 긁어낸다면 우주의 순리를 깨뜨리는 행위였다.

동시에 우주의 순리를 깨뜨린 행위에 대한 그 대가를 치르게 되며

예측할 수 없는 방향으로 흐르게 될 게 뻔했다.

생명이 깃들기 이전에 중절수술을 해서 혼돈을 막아야 했다.

한 치의 오차도 허용하지 않는 업보와 윤회의 치밀한 톱니바퀴는 인간으로서는 침범할 수 없는 신의 영역이었다.

혼돈과 프렉탈 영역은 신의 것이었다.

자신이 할 수 있는 것은 정해져 있었고, 그것에 맞춰 계획을 진행시키고 있었던 것이다.

그렇게 되면 몇 대를 걸쳐 로스차일드 가문이 지금껏 쌓아온 모든 것들이 물거품이 되어버릴 것이기 때문이다.

다윗 로스차일드는 벌떡 일어나면서 큰 소리로 외쳤다.

"헨리!"

문이 열리고 소리없이, 그러나 빠른 걸음으로 헨리가 서재로 들어왔다.

"부르셨습니까?"

"전용기를 준비시키라고 전하게. 도착지는 러시아 중앙 사이베리아다."

"……!!"

"공항까지는 헬리콥터를 타고 가겠네."

헨리의 눈빛에 놀라움이 스쳤다.

남작은 웬만큼 급한 일 아니고는 정원 한구석에 언제나 자리잡고 있는 헬리콥터를 이용하는 일은 드물었다.

요란한 소리가 천박하기도 하거니와 에너지의 흐름을 깨뜨리고 엉망진창으로 만든다는 이유였다.

Act **4**

Puis de nouveau les guerres suscitees.

Puis de nouveau les guerres suscitees.

크루거는 라스푸틴의 이야기를 듣고 내심 당황했다.

지구의 주인이라니……?!

이 무슨 공중부양 이단옆차기 하는 소리란 말인가.

지구의 주인 아닌 놈이 어디 있겠는가.

집안에 장손으로 태어났으면 호주가 되는 것이 아닌가 말이다.

지구 땅덩어리에 태어났으면 지구가 본적이 되는 것이고 지구의 주인이 되는 것이 당연한 것 아닌가?

하지만 라스푸틴이 바싹 겁을 먹을 정도라면 이 여자의 신분은 평범하지는 않다는 것을 말한다.

천하에 겁날 게 없고 무서울 게 없는 인간이 라스푸틴이었다.

겁먹은 꼴을 본 것은 딱 두 번, 바로 번개가 치면서 먹구름 속에서 악마의 형상이 나타났을 때와 방금 전의 경우였다.

목소리는 다급했고, 한 시간 내로 돌아오지 않으면 크루거 자신의 차를 끌고 가버린다고까지 협박을 해댔던 것이다.

“쿡쿡.”

침대에 누워 있던 크리스티안은 몸을 일으키면서 재떨이에 피우던 담배꽁초를 눌러 껐다.

“어이, 너, 나랑 같이 모스크바로 가겠나?”

크루거의 다정스런 물음에 크리스티안은 콧방귀를 끼었다.

“미친 새끼, 나를 안았다고 남편 노릇이라도 하려는 거니?”

“뭐라는 거야. 젠장.”

영어로 대답했기 때문에 크루거는 알아들을 수 없었다.

물론 크리스티안 역시 알아들을 수는 없었지만 다정스럽게 문을 가리키면서 말하는 꼴을 보고 대충 짐작했던 것이다.

크루거는 바닥에 떨어져 있던 통역기를 집어 들어서는 전원을 넣었다.

“나랑 같이 가겠냐고 묻고 있는 거다.”

크루거의 러시아 말이 억양없는 영어로 통역되어 스피커를 통해 울려 나왔다.

“헛소리 마, 개자식아. 넌 이제 네가 무슨 짓을 벌였는지 절실하게 깨닫게 될 거야.”

크리스티안은 태연히 일어나서는 욕실 쪽으로 걸어가면서 차갑게 내뱉었다.

“이런, 빌어먹을.”

크루거는 통역기를 침대 위에 팽개치면서 벌떡 일어났다.

분명히 섹스에 미친 계집이었고 자신에게 미친 듯 달려들었음에도 불구하고 언제 그랬냐는 듯한 태도였다.

‘흠, 이거 만만한 계집이 아닌걸.’

크루거의 속에서 투지가 불길처럼 다시 솟아올랐다.

더욱 데리고 가고 싶었다.

그래서 자신의 발밑에 매달려 애원을 하도록 노예로 만들어줄 것이다.

크루거는 침대 머리맡에 있는 전화를 들어서는 호텔의 교환수를 불렀다.

"여기 로얄 스위트룸이요."

—알고 있습니다만.

"시내에 있는 성 바울병원에 연락해서 앰뷸런스를 급히 하나 불러주시오"

—무슨 일 있으신지요? 사람을 올려 보낼까요?

"내 애인이 식사를 하다가 체했단 말이다! 불러달라면 불러줄 것이지, 웬 말이 많아!"

크루거는 버럭 고함을 지르고는 수화기가 부서지도록 거칠게 끊었다.

크리스티안은 샤워를 마치고 머리를 털면서 나왔다.

비록 강간을 당했지만 모처럼 몸이 개운했고 상쾌했다.

녀석이 강도라면 자신의 핸드백에 있는 돈과 반지며 목걸이 등을 가지고 이미 방을 빠져나갔을 것이라 생각했다.

그런데 욕실 문을 밀고 나오자 뜻밖에도 문 앞에 놈이 서 있었다.

손에는 실내 가운을 들고 있었다.

"입어."

크루거는 가운을 크리스티안에게 던졌다.

‘멍청한 자식. 도망갈 기회를 줬는데도…….’

옷을 입으면서 크리스티안은 앞에 있는 녀석에게 경멸의 시선을 던졌다.

“난 네가 좋거든. 널 델리고 호텔을 무사히 빠져나갈 수 있는 방법이 이것뿐이라서 말야.”

크루거는 씨익 웃으면서 주먹의 관절을 우둑 소리나도록 꺾었다.

놀라 도망치려는 크리스티안의 머리채를 움켜쥔 다음 전에 때렸던 것과는 비교도 안 될 만큼 더욱 거세게 여자의 복부에 주먹을 박아 넣었다.

Act 5

Puis de nouveau les guerres suscitees.

Puis de nouveau les guerres suscitees.

"위르 이그네 상크티 스피리투스 레네스 노스트로스 에트 코르 노스 투름, 도미네."

장장 8시간에 걸친 대수술이 흉부의 절개 부분을 봉합함으로 해서 완전히 끝나는 순간을 기다렸던 라스푸틴은 주문을 외웠다.

무의식 상태에서 수술을 했던 의사와 간호원들이 주문이 끝나는 순간 모두 허물어지듯 그 자리에 쓰러졌다.

이제 그들은 아무것도 기억하지 못할 것이다.

자신들이 수술을 했던 환자가 블랙드래곤이었다는 것도, 심지어 수술을 했었다는 사실조차 까맣게 잊어버릴 것이다.

단지 한 명의 간호원만 자신의 팔뚝에 수혈 바늘을 꽂은 채 백랍같이 창백한 얼굴로 수술대 옆에 눈을 뜨고 서 있었지만 이미 죽은 지 삼십 분이 지난 상태였다.

라스푸틴은 블랙드래곤의 팔뚝에 꽂혀 있는 수혈 바늘을 뽑고는 링거 줄을 집어 던졌다.

와장창!

그제야 서서 죽음을 맞이해야 했던 간호원은 수술기구 카트를 밀면서 힘없이 쓰러졌다.

이 간호사는 나중에 온몸의 피가 모두 빠져나간 시체로 발견될 테지만 그 이유를 아는 사람은 아무도 없을 것이다.

죽은 이유는 순전히 블랙드래곤과 같은 혈액형이었다는 이유 때문이었다.

간호원은 자신의 몸에 들어 있던 4리터의 모든 피를 한상의 몸에 쏟아 붓고는 죽은 것이다.

그것도 스스로 자신의 혈관에 수혈 바늘을 찔러 넣은 후 혈액 주머니처럼 수술대 옆에 서서 죽음을 맞이했다.

라스푸틴은 수술대의 블랙드래곤을 향해 두 손을 올렸다.

그러자 한상의 몸이 풍선처럼 가볍게 들어올려져서는 벽 쪽에 놓여 있던 휠체어에 스스륵 앉혀졌다.

라스푸틴은 휠체어를 밀고 수술실을 나섰다.

복도에 있던 사람들이 피투성이가 된 천을 덮은 채 휠체어에 앉아 있는 환자를 보고 의아한 시선들을 보냈으나 그들 역시 라스푸틴이 허공을 손으로 휘젓자 힘없이 그 자리에 쓰러져서는 의식을 잃었다.

라스푸틴은 주차장에 세워진 크루거의 차 쪽으로 가서 뒤 칸에 매달려 있는 짐칸의 문을 열었다.

그리고는 블랙드래곤을 번쩍 들어서는 닭 피가 굳어 엉겨 있는 관속으로 조심스럽게 눕히고는 관 뚜껑을 닫았다.

끼이이익!

문을 단단히 잠그고 몸을 돌리는데 병원의 앰불런스가 옆으로 찢는 듯한 소리를 내면서 급정거를 했다.

"이 망할 놈의 영감탱이. 정말로 내 차를 끌고 튈 셈이었군 그래!"

앰뷸런스의 운전석 문을 열고 뛰어내린 것은 크루거였다.

"시간을 제때 맞춰왔구나. 귀여운 놈 같으니. 큭큭큭!"

"헛소리 말고 차 문이나 열어!"

크루거는 앰뷸런스 문을 열면서 소리쳤다.

순간 라스푸틴의 눈이 휘둥그레졌다.

크루거가 축 늘어진 여자를 앰뷸런스 안에서 안아 들고 내리는 것이 아닌가.

"이 망할 자식! 무슨 짓을 하는 거냐!"

"보면 모르나?! 계집애가 순순히 따라오질 않잖아, 그래서 잠시 기절을 시킨 것뿐이야."

"어이구, 맙소사."

라스푸틴은 질린 얼굴로 하늘을 올려보았다.

호텔방 안으로 병원의 응급요원들이 들이닥치자 크루거는 권총을 겨눠 화장실에 모두 밀어 넣고는 기절한 크리스티안을 안아 들고 호텔을 빠져나온 것이다.

"죽으려고 환장을 한 놈이구나, 네놈은!"

"잔소리 말고 타기나 해! 그렇게 겁나면 빨리 이 도시를 빠져나가면 될 거 아닌가, 망할 놈의 영감탱아!"

Act **6**

Puis de nouveau les guerres suscitees.

Puis de nouveau les guerres suscitees.

콰앙!

육중한 티크 나무로 된 문이 통째로 떨어져 나갔다.

마스터 키로 로얄 스위트룸의 문을 열고 들어왔던 호텔의 지배인과 웨이터는 놀란 입을 다물 수 없었다.

금발에 안경을 쓴 월스트리트의 샐러리맨처럼 생긴 젊은이의 발길질에 견고하기 이를 데 없는 욕실의 문이 종잇장처럼 부서져 나갔기 때문이다.

화장실 안에는 손발이 묶인 채 입에 재갈이 물린 사내들이 욕조 안에서 꿈틀대고 있었다.

바로 앰뷸런스를 타고 왔던 병원의 직원들이었다.

모스 아담스는 그자들을 거들떠보지도 않고는 밖으로 나왔다.

그리고 방방마다 열어보았지만 주 침실을 제외하고는 사용한 흔적이 전혀 없었다.

방 안에 배어 있는 비릿한 냄새와 땀으로 인해 침대 시트에 젖은 자국이 나 있는 것으로 보아 격렬한 정사를 치렀음을 짐작할 수 있었다.

아담의 눈 밑 근육이 파르르 떨렸고 질투로 인한 노여움 때문에 온 몸이 타 들어감을 느꼈다.

침대 밑에 찢겨진 팬티와 브래지어가 널려 있었으며 정사의 흔적인 티슈가 여기저기 뒹굴고 있었다.

침실은 온통 어질러져 있었으나 소지품은 그대로 있었다. 심지어 구두와 패물들까지.

핸드백 안에 들어 있는 여권을 확인한 결과 여러 장의 국적을 가진 신분증이 나왔으니, 그 사진은 틀림없는 크리스티안 로스차일드였다.

모스 아담스는 크리스티안의 행적을 추적하여 끝내 찾는 데 성공을 했지만 간발의 차이로 다시 아가씨의 행적을 놓쳐 버린 것이다.

이번은 크리스티안이 스스로 자신을 따돌린 것이 아니고 정황으로 볼 때 강제로 납치된 것임을 알 수 있었다.

어느 놈이 감히……!

아마도 무식한 마피아 놈들의 소행이 틀림없을 것이다.

돈을 요구하려 한 것일까?

그럴 수도 있었다.

고급 호텔의 로얄 스위트룸에 투숙할 정도라면 돈 많은 갑부의 딸이거나 정부로 여기고 납치한 것일 수도 있었다.

"바보 같은 놈들……."

아담은 자신도 모르게 중얼거렸다.

아가씨의 신분을 안다면 결코 이런 짓은 벌이지 못한다.

이 세상에서 가장 존귀한 신분이며 엘리자베스 여왕조차도 아가씨에게는 허리를 굽혀 손등에 입을 맞춰야 할 위치에 있다.

그런 아가씨를 능욕하고 앰뷸런스로 납치했다면 그것은 자살 행위나 다름없다.

설령 그것이 러시아에서 가장 강력한 세력이라 할지라도 한순간에 분해될 것이다.

만일 그런 일을 러시아 황실이 사주를 했다면 러시아 황실조차도 한순간에 이 지구상에서 사라지게 될 것이다.

삐리리리리.

그때 아담의 품속에서 휴대폰이 울렸다.

아담은 핸디 21을 꺼내 들었다.

순간 아담은 흠칫했다.

전화가 걸려온 것이 아니고 액정화면에 지도가 나타나면서 한 점이 반짝이며 움직이고 있었다.

그것은 아가씨의 위치를 알리는 불빛이었다.

크리스티안 로스차일드가 끼고 있는 반지에는 위치추적시스템(GPS) 장치가 되어 있었다.

하지만 그것은 아가씨가 작동시켜야만 비로소 시스템이 가동되게 된다.

그렇다면 아가씨는 아직 무사하다는 증거였다.

아담은 자리를 박차고는 밖으로 뛰어나가 엘리베이터를 탔다.

고속 엘리베이터였기 때문에 채 30초도 걸리지 않아서 1층의 로비에 도착했고 엘리베이터 문을 빠져나오자마자 재빨리 안경테의 다리에 장식이 된 작은 돌출 부위를 손끝으로 눌렀다.

투명했던 안경의 표면에 화면이 떠올랐다.

그것은 실시간 위성화면이었다.

언뜻 보기에 평범한 아담의 안경은 미 국방성의 나노 기술과 미세전
자기계시스템(MEMS)이 복합된 최첨단 제품이었다.

안경의 유리면을 손톱 끝으로 가볍게 치자 화면이 차례로 확대되어
나타나기 시작했다.

러시아 지도에서 시베리아 지도가 나타났으며 중앙 시베리아의 지
형이 나타났다.

산맥들과 강줄기들이 점차 뚜렷하게 보이기 시작했고 노보시비르스
크시의 전체가 위에서 본 화면으로 잡혀서 들어왔다.

그 점멸하는 불빛은 시를 막 빠져나가고 있었고 고로도프 아카뎀 대
학 쪽으로 난 길로 달리고 있는 것이 보였다.

호텔 현관으로 나와서는 주위를 둘러봤다.

길 건너에 최고급 승용차들을 파는 전시장이 보였다.

아담은 차가 달리고 있는 대로를 가로질러 자동차 전시장을 문을 열
고 뛰어들었다.

한국과 독일의 최고급 승용차들과 미국이 개발한 민간용 왈큐레 제
품이 전시되어 있었다.

서너 명의 손님들에게 왈큐레의 성능을 설명하던 전시장 직원은 갑
자기 뛰어든 사내의 주먹을 맞고는 나뒹굴었다.

다행히 왈큐레에는 키가 꽂혀 있었다.

전시장 안에 폭탄이라도 터지는 듯한 굉장한 굉음이 울리면서 왈큐
레가 떠올랐다.

아담은 액셀을 당겼다.

콰웅!

왈큐레의 뒤꽁무니에서 젯트분사 열기가 뿜어지면서 대형 쇼윈도

유리창을 향해 곧바로 쏘아나갔다.

직원들과 손님들이 비명을 지르는 소리가 엔진음과 섞여 아우성이었다.

아담은 손에 쥔 막대를 앞을 향해 휘둘렀다.

눈부신 섬광이 대형유리로 폭사되어 갔다.

쾌앙!

유리가 마치 폭격맞은 것처럼 밖으로 터져 나갔고 왈큐레는 그곳을 빠져나와 하늘로 쏜살같이 치솟아올라 갔다.

Act 7

Puis de nouveau les guerres suscitees.

Puis de nouveau les guerres suscitees.

초이는 휴식 시간의 막간을 이용해서 다리 찢기를 시도하고 있었다.

격투에서 유연성은 필수였다.

보통 다리를 찢기 위해서는 다리 안쪽에 있는 근육이 이완이 잘되어야 하지만 그 부분의 근육은 잘 사용하지 않는다.

그렇기 때문에 다리 찢기는 쉬운 것 같으면서도 생각보다 힘든 일이다.

일주일 안에 다리 찢기를 완벽하게 완성시키라는 멍키영감의 명령이 있었으므로 틈나는 대로 다리 찢기 연습을 하고 있었다.

시베리아를 횡단한다는 것은 보통일이 아니었다.

그것도 눈으로 뒤덮인 도로를 천천히 달려서는 몇 달이 걸릴지도 몰랐다.

그렇기 때문에 밤낮을 가리지 않고 차를 몰아야 했다.

운전은 멍키영감과 노라, 야곱이 교대로 맡았다.

중간중간에 차를 세우고는 용변 등 볼일을 봤다.

물론 캠핑카 자체에 수세식 양변기가 설치되어 있지만 보통은 여자들만 사용하고 남자들은 대충 밖에서 해결을 하고 있었다.

차가 멈추고 잠시 쉬는 틈을 이용해서 초이는 캠핑카의 커다란 타이어 바퀴에 한쪽 다리를 걸치고 스트레칭을 하고 있었다.

생각 같아서는 금방 벌어질 것 같지만 쉽지 않았다.

"얼굴 좀 이쪽으로 돌려줄래요?"

초이는 한쪽 다리를 감싸 안은 채 고개를 돌렸다.

노라가 캠으로 자신을 찍고 있었다.

"뭐 하는 거야?"

'엥? 반말? 개석힝, 죽었다 살아나면 사람 좀 될려나 했더만 여전히 꼬박꼬박 반말이네!'

"땀 흘리며 노력하는 모습이 넘 멋져 보여서 사진 좀 찍어두려는데 왜?"

속으로 발끈한 노라도 반말로 대답했다.

"헛소리 말고 비켜. 방해하지 말고."

"이 누나가 도와주고 싶은데……. 다리 찢기는 혼자 하는 것보다 옆에서 누가 도와주면 금방하던데."

"누나 좋아하네."

초이는 코웃음을 쳤다.

"다섯 살이나 많은데 당연히 누나지! 정말 사람 무시할래?"

"무시 안 할 테니 가서 볼일이나 보세요. 저기로 가, 저기로. 응?"

초이는 턱으로 가라는 시늉을 했다.

'어휴, 정말 그냥 들이받어, 저걸……!'

초이는 다시 다리를 찢었다.

최대 한도로 벌린 채 계속 근육을 당기자 굉장한 고통이 따랐다.

미간을 찌푸린 초이의 이마에 땀이 송골송골 배어나올 정도였다.

노라는 그 모습을 캠에 담으면서 다시금 초이의 얼굴이 정말 멋지다는 것을 새삼 느꼈다.

'짜아식, 볼수록 멋지단 말야. 말만 예쁘게 하면 애인 해줄 수도 있는데…… 그리고 밤에 몰래 한 번씩…… 히히.'

바윗덩이 같은 근육을 가진 초이 밑에 깔려서 신음하는 자신의 모습을 상상하면서 노라는 몸서리를 쳤다.

그리고는 쫘악 벌린 초이의 다리 가운데인 사타구니 쪽으로 시선이 자꾸 갔다. 자신도 모르게.

'옴마나, 망측하게 내가 무슨 생각을 하구 있는 거람. 저런 싸가지없는 새끼하고…… 어휴, 꿈도 꾸지 말아야지.'

노라는 자신의 머리를 쥐어박았다.

"야! 절로 안 가!"

노라는 초이의 고함에 화들짝 놀랐다.

"사람 말이 말 같지 않냐?"

"간다, 짜샤! 가면 될 거 아냐! 별로 잘난 것도 없는 것이 까불어!"

노라는 후다닥 도망치면서 팔뚝을 초이에게 까먹였다.

초이는 어이없는 웃음이 픽 나왔다.

초이는 겉으로야 노라에게 퉁명하게 대했지만 고마운 마음을 항상 가슴 한켠에 가지고 있었다.

목숨 걸고 적진을 뚫고 들어가 멍키영감과 함께 자신을 구출해 온 생명의 은인이나 다름없었기 때문이다.

살갑게 대해주고 싶었지만, 체질적으로 여자에게 다정하게 하는 타

입은 못 되었다.

그런 데다 노라는 매번 푼수 같고 주책맞은 행동을 하니 예뻐해 주려 하다가도 정나미가 뚝 떨어질 수밖에 없었다.

로리타 콤플렉스가 있는지 초딩이나 중딩 여자애들 같은 말투도 못마땅했지만 곧 서른이 될 처녀가 케로로나 일본 캐릭터들의 만화가 그려진 애들 티셔츠를 입고 미니스커트에 토시를 차고 눈밭에서 사진을 찍다가 감기가 된통 걸려 식탁에다 재채기를 해대면서 음식 위에 입 안의 내용물을 뿜어놓질 않나, 옷 입고 화장실 가기가 귀찮다며 자다 일어나 팬티에 브래지어 차림으로 침실을 가로질러 화장실을 가지 않나……. 어린 마사오도 있는데 말이다.

멍키영감이야 눈이 즐겁다며 박수를 쳤지만 초이는 그런 노라의 무감각함이 못마땅했다.

맛있는 요리는 죄다 자기 접시로 산더미같이 퍼다 놓고는 다 먹지도 못하고 체해서는 소화제를 먹어대고 종일 딸꾹질을 하고 돌아다니질 않나……. 아무튼 미운털 박힐 짓은 혼자 골고루 다 하고 있었다.

"와! 형, 벌써 거의 일자가 다 되어가네요?"

마사오가 허리띠를 풀면서 걸어왔다.

"응. 보기보다 꽤 힘들구나."

"발레 하는 사람 같아요, 그러고 있으니까."

초이는 차의 벽면 높이 올렸던 다리를 내렸다.

그리고는 오줌을 누고 있는 마사오 옆에 서서는 초이도 소변을 보았다.

오줌발이 눈 속에 떨어지면서 곧바로 얼어버렸다.

"형, 왜 그러구 있어요?"

"응? 뭘?"

소변을 다 누고 지퍼를 올리던 마사오가 초이의 발 아래를 보면서 물었다.

초이는 그제야 자신이 한쪽 다리를 들고 오줌을 누고 있는 것을 발견하고는 당황해서 얼른 발을 내리고는 궁색한 변명을 했다.

"오줌이 튀어서 도복에 젖을까 봐……."

"설마…… 눈이 쌓여 있는데 튈까요."

"그, 그러게. 내가 왜 그랬지?"

초이는 도복의 허리띠를 졸라 묶으면서 고개를 갸웃했다.

순간 마사오는 퍼뜩 뇌리를 스치는 것이 있었다.

바로 늑대 새끼였다.

늑대 새끼를 초이의 몸에 합성시켰기 때문에 아마도 개의 습성이……?

'설마…….'

그리고는 자신도 모르게 킥킥 웃었다.

"왜 웃어, 임마."

"형, 혹시 말예요."

"응."

"혹시 보름달을 보면 소리를 지르고 싶거나 울고 싶지 않아요?"

"글쎄……? 달을 보면 누구나 어느 정도 감상적이 되고 시인이 되는 거 아냐?"

"그런 거 말구요, 음……. 또 예를 들자면 눈을 보면 막 뒹굴고 싶다든지 가축들을 보면 물어 죽이고 싶다든지 하는 충동 같은 건요?"

초이는 어이없다는 듯한 얼굴로 마사오를 내려다보았다.

마사오의 키는 170센티가 조금 넘었기 때문에 초이의 키에 비하면 어깨에 간신히 닿을 정도였다.

"점점 이상한 것만 물어보는구나. 이 녀석 밤새 컴퓨터로 만화를 너무 많이 보는 거 아냐? 요즘?"

"그런가 봐요."

마사오는 알쏭달쏭한 미소를 지으면서 고개를 끄덕였다.

마사오는 내심 안심이 되었다.

만화를 좋아하는 마사오로서는 당연한 일이겠지만, 혹시나 보름달이 뜨면 늑대인간으로 변신하면 어쩌나 하는 걱정이 순간적으로 들었기 때문이다.

다행히 현재로서는 쉴할 때 다리를 드는 습성만 나타나는 것 같았다.

마사오는 이 사실을 멍키영감님께 알려야겠다고 생각했다.

Act 8

Puis de nouveau les guerres suscitees.

Puis de nouveau les guerres suscitees.

"당장 저 여자를 버리지 않으면 봉변을 당한단 말이다, 이놈아! 왜 말귀를 못 알아 처먹어!"

"좋아! 그럼 난 저 계집년을 버릴 테니까 당신은 뒤에 있는 블랙드래곤인지 원숭이 새끼인지를 버려! 됐어?"

달리는 허머 지프 안에서 크루거와 라스푸틴은 서로에게 핏대를 올리면서 다투고 있었다.

크리스티안은 통역기가 없었기 때문에 그들이 무슨 말을 하고 있는지 알아듣지 못했지만 다급하게 도망치고 있는 상황임을 알 수 있었다.

이 자식들이 눈치를 챈 것일까?

크리스티안은 의식을 잃은 척 눈을 감은 채 뒷자리에 기대 있으면서 손끝의 반지를 손끝으로 더듬었다.

겉으로 볼 때는 작은 다이아가 박힌 단순한 반지였지만 다이아몬드 알갱이를 손톱으로 누르면 위치추적 장치가 작동을 한다고 아담이 말하면서 건네주었던 것이다.

상류층의 자제들은 항상 납치의 위험이 있다고 하면서 항상 끼고 있어야 한다고 했다.

그리고 사용 시범까지 보여주었다.

신기하고 재미있었다.

그 다음날 넓은 영국의 저택 안에서 장난으로 몸을 숨기고는 아담의 반응을 지켜봤다.

아담은 당황해서 크리스티안을 찾아다녔다.

다이아몬드 알갱이를 손톱으로 누르자 즉각 크리스티안을 찾아냈다.

몇 번 장난을 치다가 시들해져서는 까맣게 잊고 있었던 물건이었다.

그리고 그 외에는 한 번도 이것을 사용했던 적은 없었다.

그동안은 자신 스스로가 도망쳐 다녔으니까.

반지를 뽑아버릴까 하다가 혹시나 비상시의 경우를 대비해서 다른 반지들과 함께 그냥 끼고 있었던 것이다.

자신이 다이아 버튼을 누르지 않으면 그냥 평범하고 예쁜 반지에 불과했으므로.

"미친놈! 널 잡기 위해 지금 이 러시아로 그 마귀 같은 작자가 날아오고 있단 말이다!"

"마귀라니? 악마는 당신 편 아닌가?"

"그 악마가 아니고! 지구상의 인간들을 쓸어버리고 주인이 되려고 하는 늙은 유태 괴물이란 말이다, 저 계집애는 그 인간의 딸이고!"

"무슨 헛소리야? 그게 말이나 된다고 생각해?"

"옛 러시아 황실을 무너뜨린 것도 그 집안에서 한 짓이다, 이놈아! 나라 하나 없애는 것은 그들에겐 어린애 팔 비트는 것보다 쉽다는 것

을 네놈이 알겠냐만은 좌우지간 빨리 여자를 버려! 그것만이 네놈이
살길이다!”

“웃기고 있네! 혁명이 일어나서 망한 것쯤은 나도 알고 있다고! 사기
치지 마, 영감탱아!”

“이런 망할 자식!”

“흥! 날 잡아? 무슨 재주로 날 잡아? 이렇게 무사히 도시를 빠져나왔
는데!”

콰앙!

갑자기 엄청난 충격으로 인해 크루거의 몸이 가랑잎처럼 흔들렸다.

차가 충격을 받은 것이다.

“뭐, 뭐야!”

콰앙!

굉음과 함께 갑자기 머리 위가 훤해졌다.

차의 지붕이 칼로 자른 것처럼 잘려 날아가 버린 것이다.

“으아악! 내 차가……!”

크루거는 비명을 질렀다.

콰웅! 머리 위로 왈큐레가 지프차를 추월해서 앞으로 쏘아 날아갔
다.

아담은 스쳐 지나면서 뚜껑이 날아간 지프차의 뒷자리에 누워 있던
여자가 벌떡 일어나는 것을 보았다.

“아다암!”

바람에 펄럭이는 가운을 움켜쥐고는 자신을 부르는 소리를 분명히
들을 수 있었다.

“저 새끼 짓이야! 저 새끼가 내 차를 망가뜨렸어! 빌어먹을!”

크루거는 거품을 물고 핸들을 치면서 악을 써댔다.

앞으로 쏜살같이 날아갔던 왈큐레가 허공에서 크게 회전을 하면서 다시 돌아오는 것이 보였다.

그리고는 도로에 거의 붙다시피 낮게 날면서 지프차의 정면을 향해 곧장 쏘아왔다.

라스푸틴은 공격자의 손에서 푸른빛을 뿜고 있는 검을 발견했다.

"차 세워, 임마! 위험해!"

라스푸틴이 다급하게 소리쳤다.

"개새끼, 죽여 버린다!"

크루거는 액셀을 떡이 되도록 밟았다.

과아웅!

허머 지프가 굉음을 울리면서 엄청난 힘으로 앞으로 내달렸다.

순간 크루거는 눈을 부릅떴다.

그제야 공격을 하던 놈의 손에 들린 것이 바로 기사들이 사용한다는 광자검임을 알아보았기 때문이다.

"으악!"

정면충돌하기 직전 갑자기 왈큐레가 쑤욱 솟아오르면서 푸른빛이 앞 유리창을 훑었고 크루거는 자신도 모르게 비명을 지르면서 고개를 숙였다.

콰앙!

유리와 철판이 통째로 무 썰리듯 비스듬이 잘라져 나갔다.

키키키키키키!

급브레이크를 밟은 허머 지프는 미끄러지며 차가 옆으로 돌더니 도로 옆으로 곤두박질쳤다.

푸확!

에어백이 터지면서 크루거는 얼굴을 풍선에 들이받았다.

한참 만에 정신을 차린 크루거는 허리춤에 차고 있던 권총을 뽑아 들면서 문을 박차고 뛰쳐나왔다.

"내 차를?! 내 차를!"

눈이 뒤집혀서 보이는 게 없었다.

쉬이잉!

도로 위에서 왈큐레를 세우며 내려앉는 녀석이 보였다.

"죽어라, 개자식!"

크루거는 자신의 애마를 망가뜨린 녀석을 향해 미친 듯 권총을 갈겨 댔다.

아담은 허공에 광자검을 휘둘렀다.

퍼퍼퍼퍼퍼퍽!

놀랍게도 총알은 아담의 몸 주위에 쳐진 투명한 자기장의 막을 뚫지 못하고 아래로 후두둑 떨어져 내렸다.

생체 자기장이 순간적으로 공기 중에 강한 전자기장의 막을 쳐서는 총알의 구리 탄두에 엄청난 전류가 닿는 순간 뾰족한 탄두 부분이 평 평하게 녹아 들어가며 퉁겨져 나와 버린 것이다.

탁탁탁탁!

'맙소사!'

총알이 떨어진 것도 모르고 크루거는 놀란 얼굴로 상대를 향해 방아 쇠를 당기면서 뒷걸음질쳤다.

아담은 섬뜩할 정도의 아름다운 미소를 지으면서 광자검을 늘어뜨 린 채 걸어왔다.

“가, 가까이 오지 마!”

크루거는 뒷걸음질치다가는 권총을 집어 던졌다.

까앙!

광자검에 의해 권총이 깨끗하게 잘라져 두 동강이 되는 걸 보고는 크루거는 새파랗게 질렸다.

“영감탱아! 어디 있는 거야! 도와줘!”

몸을 돌려서는 악을 쓰면서 도망치기 시작했다.

따악!

채 몇 걸음도 도망치기 전에 뒤통수에 강한 충격을 받고는 앞으로 폭삭 고꾸라졌다.

‘으윽…….’

뒤통수에서 끈적한 것이 목을 타고 흘렀다.

잘려진 권총에 뒤통수를 맞은 것이다.

정신을 차리고는 벌떡 일어나 도망치려 하다가는 놀라서 그 자리에 털썩 주저앉고 말았다.

상대가 어느새 앞을 막고 있었던 것이다.

“너 따위 버러지 같은 놈이…… 아가씨를…….”

아담은 살광을 뿜는 아담의 손바닥에서 광자검이 핑크르 한 바퀴 돌더니 날 끝이 아래를 향했다.

광자검이 크루거의 얼굴 위에서 찌직거리는 소리가 나고 있었다.

광자의 하전입자와 공기가 마찰하면서 나는 소리였다.

“사…… 살려줘.”

“그럴 순 없고……. 갈갈이 찢어서 늑대들의 먹이로 만들어주겠다, 버러지.”

슈욱!

광자검이 아래를 향해 내리꽂혔다.

"으아악!"

크루거는 얼굴을 가리면서 비명을 질렀다.

터엉!

광자검이 크루거의 얼굴에 박힐 찰나 불과 손가락 한 마디 거리를
남겨놓고는 멈추었다.

정확히 말하자면 멈춘 게 아니라 아담의 손목이 마치 보이지 않는
밧줄에라도 걸린 듯 튕긴 것이다.

"꼬마야, 솜씨가 제법이구나. 거기까지만 하고 용서해 주려므나. 쿡
쿡쿡."

사방에서 메아리치듯 들려오는 소리에 아담은 흠칫했다.

차 옆에서 크리스티안을 인질로 잡은 커다란 덩치의 사내가 서 있는
것이 보였다.

라스푸틴 헉스였다.

"이 망할 놈의 영감탱이, 진작에 손을 쓸 것이지!"

그사이에 크루거는 번개처럼 라스푸틴 쪽으로 도망치면서 악을 썼
다.

"다 죽여 버려, 아담! 이들을 살려주면 내 나중에 너에게 책임을 물
을 것이다!"

크리스티안은 독기가 올라서 고함을 질렀다.

"물론입니다, 아가씨. 하지만 이놈들에게 이 세상에도 지옥이 있다
는 것을 가르쳐 준 다음에 죽일 겁니다."

아담은 입꼬리를 올리면서 광자검을 풍차처럼 돌렸다.

"꼬마야, 그따위 장난감으로 날 어쩌지 못한다. 계집애는 돌려줄 테
니 여기서 끝내고 없던 일로 하자꾸나."

"미친놈! 늙은이 행세를 하는군!"

자신과 비교해서 결코 나이가 많아 보이지 않는 젊은 놈이 말끝마다
꼬마 꼬마 하면서 늙은이 시늉을 하고 있으니 분노가 치밀었다.

츄웅!

검광이 더욱 투명해지면서 한 자가량 쭈욱 늘어났다 싶은 순간 아담
은 땅을 박차고 도약했다.

라스푸틴은 손을 앞으로 쑤욱 내밀었다.

터엉!

라스푸틴을 향해 덮쳐 오던 아담은 보이지 않는 막에 튕겨났다.

그런데 정작 놀라운 일은 그 다음에 벌어졌다.

아담이 허공에 매달린 것처럼 떠올라서는 목을 잡고 괴로워하는 것
이 아닌가.

"컥컥!"

크리스티안은 놀란 눈으로 뒤에 있는 라스푸틴을 돌아봤다.

라스푸틴은 허공에다 손을 내민 채 허공을 움켜쥐는 시늉을 하는 것
이었다.

"끄으으윽!"

허공에 매달려 버둥거리던 아담은 얼굴이 시뻘겋게 상기되어서는
이마의 힘줄이 툭툭 불거져 나왔다.

그리고는 자신에게 달라붙어 있는 보이지 않는 손을 떼어내기라도
하려는 듯 필사적으로 몸부림치고 있었다.

"잘한다! 저 새끼 죽여 버려, 영감!"

크루거가 신이 나서 떠들어댔다.

"멍청한 놈! 너도 입 다물고 얌전히 있어, 이놈아!"

앞으로 뻗었던 팔을 크루거를 향해 휘저었다.

"어이구!"

크루거는 두 발이 들려서는 십여 미터를 날아가 눈밭으로 곤두박질 쳤다.

그사이에 아담 역시 바닥으로 떨어져서는 무릎을 꿇은 채 숨넘어갈 듯 기침을 해대고 있었다.

"무슨…… 요술을…… 부린 거냐……! 하아, 하아."

아담은 핏발 선 눈으로 라스푸틴을 노려봤다.

"요술이 아니라 염동력이라는 것이다, 꼬마야. 쿡쿡쿡. 이봐, 아가씨. 곱게 보내줄 테니까 저놈과의 일은 없었던 것으로 하면 안 되겠나……?"

라스푸틴은 크리스티안에게 제안을 했다.

"보다시피 네 경호원 따위가 나를 어쩔 순 없다, 난 네 부친을 봐서 충분히 양보를 하는 것이란 말이다. 알겠나?"

크리스티안은 흠칫했다.

자신이 누구라고 말한 적이 없었는데 어떻게 아버지의 신분을 알았을까?

"그리고 네가 가장 원하던 것을 선물하마. 큭큭큭."

"무슨 소릴 하는 거야. 선물이라니?"

순간 크리스티안은 흠칫했다.

라스푸틴이 통역기를 통해서 이야기 하고 있는 것이 아닌 것을 그제야 눈치챘던 것이다.

그리고 목청과 입을 통해 나온 목소리를 들은 것이 아니었다.

머릿속을 울리는 메아리 같은 목소리였음을 비로소 깨달았기 때문이다.

"……!!"

"블랙드래곤이니라. 네가 이곳까지 온 것은 그 때문이 아니었더냐. 크크큭."

크리스티안은 소스라치게 놀랐다.

"차에 매달려 있는 콘테이너 안에 무사히 있다. 그자를 내가 죽음에서 살려냈다는 것을 잊지 말거라, 꼬마 아가씨야."

라스푸틴은 넋이 나간 듯 자신을 바라보고 있는 크리스티안을 툭 밀어서 놔줬다.

크리스티안은 눈앞의 거한이 귀신인 양 놀란 눈으로 뒷걸음질쳤다.

라스푸틴은 크루거가 아담과 옥신각신할 때 순식간에 영사를 투시해서 아담과 크리스니안의 모든 과거를 순식간에 읽은 것이다.

아담이 거세를 당한 채 어려서부터 계집년의 몸종으로 길러졌다는 것도, 그리고 크리스티안이 놀랍게도 자신이 구해놓은 블랙드래곤을 찾기 위해 러시아로 건너오게 된 사연까지 모조리 읽어낸 것이다.

또한 잠시 후면 계집의 부친인 유대인의 왕이랄 수 있는 작자가 전용기를 타고 영국에서부터 이곳 노보시빌리스크의 똘마쪼보(Tolmachovo) 공항에 곧 도착하게 될 것이라는 것도 알았다.

그는 고대의 유대 비밀교의 비전을 전수받은 작자로서 결코 자신 못지않은 능력이 있는 자였다.

아니, 그 능력에다가 지구를 쥐고 흔들 정도의 거대한 권력과 재력을 가진 인간이었으므로 결코 자신과 적수가 될 수 없었다.

적으로 만들었다가는 이 지구상에서 살아가기 힘들게 될 게 뻔했다.

어차피 자신의 임무는 블랙드래곤을 살리는 데 있었다.

목숨을 건져 놨으니 계집년에게 넘겨주면 될 것이고, 더군다나 유대 왕인 계집의 부친은 블랙드래곤을 아주 아끼고 있으니 여기서 넘기는 게 상책이라는 결론을 내린 것이다.

第6章
발기(發氣)

Act **1**

Puis de nouveau les guerres suscitees.

Puis de nouveau les guerres suscitees.

—앞으로 두 시간 후면 옴스크에 도착합니당. 내리실 승객께서는 잊으신 물건 없이 잘 챙기시고 쇼핑할 것이 있으면 미리미리 메모해 두세요. 이상 운전실, 노라 킴이었슴당!

노라의 목소리가 스피커를 타고 캠핑카 뒷칸으로 울려 퍼졌다.

—아, 그리고 오무광 씨가 현재 옴스크시에 있는 말라죠즈나야 호텔 커피숍에서 기다리고 있다고 문자가 떴응께 초이는 잊지 말고 그쪽으로 나가주길 바란다아—!

초이에게 감정이 있는지 뒷멘트는 남자 같은 목소리로 사투리까지 써서 방송했다.

초이는 입맛을 다셨다.

"임마, 이거 받아라."

초이는 멍키영감의 목소리에 고개를 돌렸다.

창고에서 문을 열고 나온 멍키영감은 검은 막대 토막을 초이에게 던졌다.

초이는 한 손으로 가볍게 잡아채서는 내려다보았다.

광자검이었다.

"기를 한번 넣어봐라."

"예……?"

"이 자식이 꼭 사람 두 번 말 시키네. 기를 넣어보라고, 임마!"

"전 내공을 저축해 놓은 게 없는데요? 이건 단전호흡으로 내공수련한 사람들만이 되는 거 아닙니까?"

탁!

멍키영감이 지팡이로 초이의 머리를 때렸다.

"으……."

"멍청한 놈, 절벽 위를 날아올라 가고 나무 꼭대기에 서 있는 놈이 교황청 기사놈 같이 개나 소나 다 쓰고 있는 걸 못한다고? 하라면 해, 임마!

"알았어요!"

다시 지팡이로 때리려 하자 초이는 팔뚝을 올려 머리를 가린 채 다급하게 대답했다.

막상 기를 넣으려고 했지만 막막할 따름이었다.

주유기 투입구도 아니고 대뜸 기를 넣으라니 황당할 수밖에.

멍키영감이 말을 이었다.

"요령은 말이다, 다른 사람들은 내공을 단전에서 끌어올려 주입하는 반면 넌 그냥 하늘에 있는 기운을 정수리로 받아들여 검 끝으로 보낸다고 생각하면 되는 거야. 생각만으로 움직이는 기운이니까 말야."

초이는 잠시 눈을 감고는 정신을 집중했다.

그리고는 멍키영감의 지시대로 위에서 쏟아져 들어온 기운이 백회를 거쳐 목 아래로 내려와 가슴을 채운 후 팔뚝을 타고 광자검 끝으로 몰려간다는 생각을 하였다.

츄웅!

순간 눈부신 주황색이 빗살처럼 뻗어나왔다.

"거봐, 임마. 되잖아!"

멍키영감의 환호에 2층 침대 위에서 쉬고 있던 야곱과 마사오가 고개를 내밀고 아래를 내려다보았다.

초이는 자신이 들고 있는 광자검을 믿을 수 없다는 눈으로 내려다보았다.

웅웅…….

광자검의 빛은 낮은 소리를 내면서 녹색으로 점차 변해가더니 이내 다시 주황색이 되었고 붉은색이 되더니 스르륵 사라져 버렸다.

"거봐, 되지?"

"이것은 제가 처음 광자검을 줍고 나서 국경 수비대와 싸웠을 때도 나왔던 겁니다."

"그때는 다급한 상황에서 네 몸에 잠재되어 있던 생체 에너지가 검으로 퉁겨나온 것이고, 지금은 다급한 상황이 아닌데도 생각만으로 나왔잖냐, 안 그래?"

그렇다, 인체에는 자기에너지, 즉 자기장을 내뿜고 있다. 약 7∼8Hz의 주파수로 바이오포토가 발산되고 있는 것이다. 이것을 기(氣), 또는 생체장이라고 하기도 하며 생체광자라고 하기도 한다.

근육이 건강한 사람에게서 나오는 이 기, 즉 생체장을 측정하면 평범한 일반 사람에 비해서 7배나 강하게 뿜어진다. 하지만 기공이나 단전호흡을 수련한 사람의 경우에는 300배나 강한 생체장이 나온다.

　광자검은 이 생체 자기장을 증폭시켜 칼날로 솟구치게 만든 것이었
다.
　그렇기 때문에 초이가 기공이라는 것을 몰랐을 때에도 위기 상황을
맞게 되자 그 잠재되어 있던 생체장이 극한으로 끌어올려져 일반 기사
단의 기사들과 같은 정도의 빛의 검날을 만들어낼 수 있었던 것이다.
　"그런데 말입니다……."
　초이는 불신의 눈빛으로 광자검을 들여다보았다.
　"말해라."
　"영감님이 말씀하신 방법대로 하면 평상시에도 지금과 같이 광자검
날을 뽑아낼 수 있는 것이 증명됐다고 쳐요."
　"그렇지, 그런데?"
　"급한 상황에서 언제 눈을 감고 정신을 집중해서 광자검을 뽑아냅니
까, 그전에 적의 총칼에 이미 죽어 있을 겁니다."
　"그리고 나무에서 떨어진 것도 가만히 생각해 보니 정신이 흐트러졌
을 때였어요."
　"싸우다 보면 정신이 흐트러질 때가 분명히 있을 테고 그렇다면 무
용지물이잖습니까."
　"그래서?"
　멍키영감은 초이의 말을 잠자코 듣고 있었다.
　"절벽 위로 날아 올라간 것만 해도 그래요. 만일 적들에게 쫓긴단
말입니다. 도망치다 보니 앞에는 절벽이 가로 막고 있고, 적은 바로 코
앞에 들이닥쳤는데 정신집중하고 눈 감고 언제 기를 끌어모습니까? 영
감님이 가르쳐 준 것은 서커스 할 때나 필요한 것이지 실전에서는 필
요한 게 아니란 말입니다."

“흠…….”

멍키영감은 팔짱을 끼고는 고개를 끄덕였다.

“네 말도 일리가 있다. 그래서 오늘밤부터는 네가 그 중국식, 혹은 한국식 단전호흡을 병행해서 기운을 각각 돌리는 한편 단전에다 생체에너지를 축적시켜야 해.”

“그게 가능합니까?”

“내가 찾아낸 이론으로는 충분히 가능하니까, 넌 내가 시키는 대로만 해.”

Act *2*

Puis de nouveau les guerres suscitees.

옴스크(Omsk)는 서부 시베리아 평원의 남쪽 경계에 위치해 있다.

서쪽과 북쪽으로는 튜멘주와 동쪽으로는 톰스크와 노보시비르스크 주, 남서쪽으로는 카자흐스탄 공화국과 국경을 접하고 있으며 인구는 약 350만 명 정도로 꽤 큰 도시에 속했다.

"올 시간이 넘었는데."

옴스크 시내에 위치한 말라죠즈나야 호텔 현관 앞에서 오무광은 손목시계를 들여다보았다.

커피숍에 앉아 있자니 좀이 쑤셔서 밖으로 나와 서성이며 초이를 기다리고 있었던 것이다.

무토 역시 담배 연기가 꽉 찬 커피숍 안의 공기가 답답했는지 밖으로 따라나왔다.

그때 차가 다니고 있는 도로를 가로질러 호텔을 향해 걸어오고 있는 장신(長身)의 사내가 무광의 눈에 띄었다.

초이였다.

"얼라? 너 최정 맞제?"

초이를 발견한 오무광은 놀란 눈으로 말했다.

"무광이."

초이는 흰 이를 드러내며 씨익 웃었다.

"흠마야, 이게 을매 만인겨잉!!"

오무광은 초이를 감싸 안으면서 반갑게 맞았다.

"흠마~ 참말로 길거리에서 만나면 몰라보것구마잉! 겁나게 커부렀네."

"넌 아예 산이로구나, 자식."

초이는 어처구니없이 큰 오무광을 올려보며 말했다.

"뭔 소리여. 니두 얼추 나만혀야?"

하지만 오무광보다는 한 뼘 정도 작았다.

초이의 신장은 189였고 오무광은 210에 가까운 거인이었다.

둘이 서 있자 호텔의 현관이 꽉 막힌 듯했고 그 덩치는 러시아 사람들을 압도하고도 남았다.

지나던 사람들이 힐긋힐긋 보면서 지나갔다. 동양인들도 저렇게 좋은 덩치들이 있었나 하는 표정들이었다.

"말씀 많이 들었어요."

언제 밖으로 나왔는지 밀레나가 선글라스를 쓴 채 가죽 장갑을 벗으면서 손을 내밀었다.

"밀레나라구 혀. 내 여자 친구다."

"안녕하세요, 밀레나예요."

초이는 얼떨결에 밀레나의 손을 잡았다.

짙은 선글라스에 담비 털모자를 쓰고 있었다.

선글라스를 쓰고 있었지만 한눈에 봐도 굉장한 미녀란 것을 알아볼 수 있었다.

초이는 다소 의외라는 듯 무광을 돌아보면 말했다.

"헐, 여자 친구도 다 있고 재주 좋구나."

"넌 여자 친구 읍다냐?"

"응, 없어. 내 처지에 무슨 애인."

"흐미, 니같이 잘빠진 세숫대야를 가꼬 으째 여자가 읍는 것이냐잉? 남자인 나도 한눈에 반해 버리겟꼬만."

초이는 피식 웃었다.

"자식, 능청스럽게 농담도 잘하는구나."

"아참, 글고."

오무광은 옆에 서 있던 무표정한 무토를 소개했다.

"내 친구 무토, 여그 와서 사귄 내 친구다잉."

"무토 도모키치요."

무토는 무표정한 얼굴로 손을 내밀었다.

초이는 악수를 했다.

"일본인이로군요. 반갑습니다."

무토는 알 듯 모를 듯한 미소를 띠어 올렸다.

초이는 무토를 전혀 모르고 있었지만 무토는 초이를 알고 있었다.

맞대면을 한 건 처음이지만 크루거를 죽사발나게 떡을 쳐놓고 뱃심 좋게 경찰에 나타나서 기사 자격시험에 보란 듯이 합격을 한 한국인.

그에 대한 인상이 워낙 강하였기 때문에 초이란 이름을 기억할 수 있었다.

하지만 막상 눈앞에서 보니 생각보다 훨씬 덩치가 컸으며 떡 벌어진 어깨와 손아귀의 힘은 엄청난 악력이 있음을 느낄 수 있었다.

무토보다 초이는 머리통 하나 정도 더 컸다.

크루거와 헉스가 어떻게 그 지경으로 죽사발되도록 얻어맞았는지 납득할 수 있었다.

초이의 몸에서 뿜어져 나오는 무형의 기도(氣道)는 무토 자신을 압박하고 있었기 때문이다.

"참내, 그때 네놈 둘이 친구인 것을 알았다면 번거롭게 만나는 이런 수고는 안 해도 됐잖냐!"

멍키영감이었다.

"아이고오, 영감님. 또 뵙구먼이라! 다시 뵙게 되니 허벌나게 반갑구먼요."

"인연은 인연인갑다."

오무광은 반갑게 멍키영감의 손을 쥐고 흔들었다.

마치 난쟁이와 거인 같은 모습이었다.

"이놈아, 팔 떨어지겠다. 살살 쥐어!"

그 소리에 오무광은 움찔했다.

"흠마……? 한국말을?"

나타나서는 러시아말을 했다가 느닷없이 한국말로 소리를 빽 지른 것이다.

오무광은 휘둥그레진 눈으로 멍키영감을 살폈다.

"왜? 난 한국말 하면 안 되냐?"

커다란 매부리코에다 백색 피부에 전형적인 백인 모습을 하고 있었기 때문이다.

변장한 것을 모르고 있기 때문에 의문을 갖는 것은 당연했다.

그리고 전에 술집에서 만났을 때에는 노라와 이야기를 했지 멍키영
감과는 한 마디도 말을 주고받을 새가 없었던 것이다.

"안 된다기보다…… 거시기 흠마, 참말로 황당해 부네요잉. 근디 어
찌 그렇크름 한국말을 토속적으로 해분다요?"

초이가 대신 대답했다.

"한국 분이서."

"뭐시라고라? 이분이?"

"쉬잇. 조용해라, 임마. 남들이 듣겠다."

"좌우지간 일단 어디 가서 뭐라도 먹자."

"아이고, 내 정신 좀 봐. 식사하지 말고 그냥 오라고 해놓고."

오무광은 서울집이라는 한국 간판이 크게 걸려 있는 한식당으로 둘
을 안내했다.

김치찌개와 된장찌개를 큰 전골냄비에 두 개나 시켜놓고 소주를 반
주 삼아 모처럼 아주 맛있게 먹었다.

오무광은 덩치에 맞지 않게 옛이야기로 수다를 떠느라고 먹을 새도
없었다.

멍키영감과 초이는 걸신들린 사람들처럼 땀을 줄줄 흘리며 매운 김
치찌개를 먹어댔다.

초이는 밥 한 공기를 서너 번의 숟가락에 비워냈기에 벌써 네 공기
째 밥을 먹고 있었다.

김치도 몇 접시나 비웠고 다시 갖다달라고 주문을 했다.

그럴 때마다 맘씨 좋게 생긴 한국인 주인 아저씨는 두말 않고 김치
와 깍두기를 듬뿍듬뿍 내왔다.

"그런데…… 혹시 초이라는 분이시죠?"

공기 밥을 두 개 더 갖다놓으면서 주인이 초이를 보며 말을 걸었다.

"그런데요?"

초이는 멈칫 주인을 올려봤다.

"우리 아들놈이 사인 좀 받아달라고 성화를 해서는……. 사인 한 장 해주시겠습니까?"

공책과 사인펜을 초이에게 내밀었다.

"사인이라뇨……?"

초이는 의아한 얼굴로 식당 주인을 올려다봤다.

"에이, 왜 그러실까? 대한민국 최고의 스타께서."

"스타라니 무슨 말씀을 하시는 건지 난……."

도리어 식당 주인이 어리둥절한 얼굴로 물었다.

"정말 모르십니까?"

"최정, 니 시침 떼는 것이냐, 아니믄 모르고 있는 것이여?"

"무슨 소리야? 난 도통……."

"니는 대한민국서 최고 스타여, 자석아. 니가 모른다는 것이 말이나 되부냐?"

오무광의 말에 초이는 흠칫했다.

미간을 찌푸리고는 정색한 얼굴로 말했다.

"자세히 이야기해 봐."

Act 3

Puis de nouveau les guerres suscitees.

한국 그룹에서 운영하고 있는 대형마트 앞에다 캠핑카를 세워놓고는 연신 야곱과 마사오는 카트로 필요한 물품들을 산더미처럼 사서 날랐다.

노라가 안에서 메모지를 들여다보면서 필요한 식료품들을 카트에 담아놓으면 마사오와 야곱이 나르는 식이었다.

"아직도 멀었냐?"

소리에 노라는 멈칫했다.

멍키영감과 초이가 서 있었다.

"예, 거의 다 됐어여! 오무광 씨를 만난 일은 잘됐나요?"

초이가 불쑥 나섰다.

다짜고짜 노라의 멱살을 움켜잡고는 밖으로 끌어냈다.

"어어……! 왜 이러는 것이야!"

멍키영감은 실실 웃으면서 말했다.

"너무 다그치지 마라, 나쁜 일 한 것도 아니니까."

"으악악!"

캠핑카 쪽으로 끌려가며 노라는 엄살을 떨었다.

차에다 가볍게 밀쳤을 뿐인데 마치 죽기라도 하듯 비명을 빽 질러댔다.

초이는 어처구니가 없다는 듯이 주위를 둘러봤다.

쇼핑을 온 사람들이 자신을 향하고 있었다.

젠장.

"왜 도대체 그런 짓을 한 거냐고 물었잖아! 똑바로 대답 안 해!"

쾅!

초이의 주먹이 노라의 얼굴 옆을 스치고는 캠핑카의 철판에 박혔다.

차의 철판이 움푹 들어가는 것을 본 노라는 다시 죽어라 비명을 질렀다.

"악! 악! 사람 살려! 이 새끼가 사람을 죽이려 해여! 경찰에 신고 좀 해주세요. 악악!"

"어휴······. 이걸 그냥! 입 못 다물어!"

한 대 칠듯이 주먹을 들었다 났다 했지만 어디 한 군데라도 치면 부러질 듯해서 때릴 수도 없었다.

"야, 죽이지도 않고 안 때릴 테니까 말 좀 해봐라, 왜 날 인터넷에 올렸는지. 응?"

노라는 찔끔했다.

그리고는 속으로 내심 올 것이 왔음을 알았다.

"정말이지?"

"그렇다고! 내가 거짓말하는 거 봤어!"

초이는 얼굴을 디밀면서 버럭 소리쳤다.

"으악! 악!"

다시 노라가 비명을 질렀다.

"어휴……. 정말 돌겠네."

"나두 무서워서 돌겠어, 그렇게 협박 좀 하지 마!"

노라는 울 듯한 얼굴로 두손을 모으고 비는 시늉을 했다.

남들이 보면 마치 바람피운 애인을 몰아붙이는 것과 같은 모습이었다.

구경꾼들이 몰려들어 재미있다는 듯 보고 있었다.

멍키영감과 무토, 오무광도 재미있다는 듯 키득대며 구경꾼들 틈에 끼어 지켜보고 있었다.

"아, 진짜 짜증나네. 이리 와."

"사람 살려! 뇌! 악악!!"

초이는 다시 노라의 멱살을 잡고는 캠핑카 안으로 끌고 들어갔다.

"괜찮을까요?"

밀레나가 같은 여자 입장에서 걱정이 됐는지 오무광과 멍키영감을 돌아보면서 말을 했다.

"맞을 짓을 했고만, 전후 사정을 들어보니."

"괜찮을 거야, 정이 저놈은 계집애들을 팰 놈은 못 돼."

"옛날에 귀싸대기를 한 대 때렸잖습니까?"

남의 일이라도 되는 듯 쟈코브 말릭이 말했다.

"그땐 맞을 짓을 했고, 초이 부모님의 유품을 함부로 취급했으니까."

"그건 그렇고, 자네 덩어리."

"덩어리라뇨?"

"살 덩어리."

"흠마, 살 덩어리가 뭐시댜. 듣는 사람 참말로 거시기 허내잉."

"하던 이야기 마저 해봐."

"긍게 그게 머시냐. 좌우등간 우리 세 명도 같이 합류를 허믄 안 되것냐, 그 말 아니것습니까요. 물론 먹고 자는 것은 우리가 해결할 랑게요."

"어떻게?"

"벤츠 팔고 버스를 한 대 사서 뒤따라가믄 되지 않것소잉. 이역만리 타향에 와서 딱히 갈 데도, 아는 사람도 없응께."

"그래?"

"엥간허믄 허락해 주쇼잉, 한국 사람끼리 이럴 때 서로 도와야 허는 것 아니것소, 영감님."

"한국 한국 하지 마! 임마 그 지겨운 한국. 말만 들어도 경기 일어날라고 한다!"

"큭큭 뭔 사연인지는 몰러도, 알것습니다요. 그럼 허락허는 것이지요잉?"

"단 조건이 있다."

"워떤……?"

"따로 식사를 해결한다는 것은 말이 안 되니까 두당 3백 달러씩 내, 한 달에 도합 9백 달러다."

"허미, 뭔 호텔도 아니고 그렇크름 비싸게 받는당가요?"

"네놈 덩치를 보니까 4인분은 먹어치울 것 같다. 그 정도는 받아야 해, 부식비로."

"좋아요. 그럼 난중에 딴말허기 없기요, 밀레나."

밀레나가 재빨리 지갑을 꺼내 들고는 빳빳한 백 달러짜리 지폐를 한 움큼 뽑아냈다.

"쪼까 미안허고만, 기사 시험에 합격만 해불믄 호강시켜 줄 테니까 그리 알더라고."

"걱정 마요. 당신이 친구를 만나 그렇게 좋아하는데 이까짓 돈이 무슨 대수라고."

"좋아, 벤츠 팔고 중고 버스 하나 사러 가자, 내가 골라줄 테니까."

"조오—치요. 밀레나, 니는 저 차 안에 들어가서 사람들허고 인사나 허고 쉬고 있어라잉. 내 영감님허고 후딱 다녀올 테니까."

"네, 알았어요. 나도 그동안 마트에서 필요한 것 좀 몇 가지 사야겠어요."

밀레나는 밝은 목소리로 대답했다.

사람들이 모두 선해 보였고, 재미있어 보였다. 무엇보다 사랑하는 오무광이 애들처럼 기뻐하는 것을 보고는 자신의 제의가 옳았다는 것을 알았고 무엇보다 기뻤다.

밀레나가 오무광에게 초이 일행과 합류하는 게 어떻겠느냐고 제의를 했던 것이다.

노라는 차 안에서 아무도 자신을 도와주는 사람이 없자 눈물작전으로 나갔다.

"훌쩍! 애초에 최무의 준장님의 명예회복을 위해 시작한 일이었어요."

초이는 자신의 아버지 이름을 꺼내자 미간이 지렁이처럼 꿈틀거렸다.

노라는 속으로 찔끔했지만 그대로 밀고 나가기로 작정했다.

"그리고 살인범으로 몰려 수배되어 있는 당신의 입장을 충분히 해명하고 사면 조치를 받게끔 하려고……. 홀쩍……."

초이에 대한 존칭이 뒤죽박죽이었다.

자기가 불리하다 싶으니 꼬박꼬박 존대에다 당신이란 말을 썼다. 평상시는 반말로 너 아니면 야, 아님 초이라 불렀다.

"누가 너보고 아버지의 명예회복을 해달라고 했어? 누가 너보고 날 사면조치하게 해달라고 부탁했느냔 말야!"

"내가 옳다구 판단한 거예요! 누가 시킨 게 아니라구요! 내가 정말로 몹쓸 짓을 하고 나쁜 짓을 했다면 패요! 패라구요!!"

'개색힝! 내가 떼돈 좀 벌고, 스타 좀 되볼려구 그랬다. 웨~!'

초이는 기가 막혔다.

도대체 천방지축이었고 어디로 튈지 모르는 여자였다.

노라의 말 그대로 악의적인 의도 따위가 없다는 것은 초이도 잘 알고 있다. 하지만 적어도 한 마디쯤 자신에게 양해를 구하든지 그렇지 않으면 알려주기라도 했어야 하지 않는가.

초이가 그 음식점에 있는 컴퓨터로 인터넷에 들어가 보지 않았다면 초이 혼자 까마득하게 모르고 있을 뻔했었다.

"젠장, 경고하겠는데, 당장 인터넷에 올린 모든 내 사진들 내리고 나에 관한 이야기도 모두 삭제해. 알겠어!"

"안 돼요!"

노라는 자신도 모르게 소리를 빽 질렀다.

"안 돼? 이게!"

초이는 산더미같이 쇼핑해 온 비닐봉투에 담긴 물건 중에서 홍두깨를 확 꺼내 들었다.

밀가루 반죽을 밀어 손칼국수를 만들어 먹기 위해 사 온 노라 팔뚝 만한 박달나무 토막이다.

'아쭈구리! 날 때린다고. 그래, 때려봐! 네놈이 그걸로 날 때리면 내 콧구멍에 장을 지진다.'

하지만 겉으로는 자지러지게 비명을 질렀다.

"악! 악! 악!"

때리는 시늉을 하지도 않았는데 비명을 질러대자 초이는 기가 막혔다.

"어휴, 이걸 그냥!"

초이는 이러지도 저러지도 못하는 자신의 가슴을 쾅쾅 쳤다.

"이거 완전 꼴통일세. 너 스물여덟 맞아? 나잇살 먹고 어린 나한테 욕 먹으면 좋냐?"

'헉……! 이런 띠발름 섹힝! 말하는 본새 봐라!'

용이 개천에 떨어지면 지렁이가 업신여긴다더니 그 말이 딱 맞았다.

어느 모로 보나 자기는 이런 푸대접을 받을 위치인가 말이다.

어찌 보면 세계적인 스타는 아니라고 해도 유명인이라고 할 수도 있었다. 더군다나 인텔리의 상징인 기자에다 웬만한 탤런트 뺨칠 정도의 외모의 얼짱이었다.

그런 자신을 이렇듯 무식하게 막 대하는 넘은 세상천지에 초이밖에 없을 거였다.

'싸가지라고는 쥐콩만큼도 엄는 색힝.'

하지만 노라는 눈물콧물로 범벅되어 애처롭게 말했다.

"날 죽인대도 못 내려요. 맘대로 하세요! 한국 젊은이들에게 희망을 주고 싶었단 말예요, 댓글들 올라온 거 봤어요? 댁 땜에 젊은이들이 사기충천이 됐다구요! 게임방에서 살다시피 하면서 게임만 하던 젊은이들이 자리를 박차구 뛰어나가서 자신들의 길을 찾아가고, 두려워하던 일들을 겁내지 않고 도전하구 있다는 기사도 못 읽었어요? 당신이 모른다구 해서 외면할 일이 아니에요! 당신은 대한민국 젊은이들의 표본이 되구 있단 말예요!"

"아후, 이걸 그냥. 말이나 못하면! 야, 헛소리 좀 하지 마라. 난 표본도 되기 싫고 모범도 되기 싫다, 알겠어? 그러니까 제발 좀 내려라 사람 더 이상 쪽팔리게 만들지 말고 말야."

'골 때리는 색킹! 스타 만들어준대도 난리야.'

"생각 좀 해보구요, 대신 조건이 있어요. 흑!"

"뭔 조건!"

초이가 소리를 버럭 질렀다.

"댁이 나보고 앞으로……."

"앞으로 뭐어!"

"누나라구 부르면 내릴 수도 있어요."

윽! 초이는 휘청했다.

'아우, 꼬숩당, 이놈아. 나이는 괜히 먹은 게 아니당.'

"진짜 사람 빡통 돌게 만드네……. 너 내 손에 반쯤 죽어볼래?"

'너? 아후, 진짜! 경로사상이라군 눈곱만큼도 없네, 신발놈이!'

"맘대로 하세여, 누나라고 하기 전엔 절대 안 내릴 테니깐요. 힝힝."

여전히 훌쩍이며 억지로 힘들게 뽑아낸 눈물을 아까워하면서 팔 소매로 닦았다.

"배 째라구나, 아주. 관두자, 관둬. 너랑 더 이상 말 상대했다간 제명에 못 죽을 거 같다.”

초이는 졌다는 듯 머리를 설레설레 저었다.

‘십색힝! 거봐, 임마. 결국 이렇게 될 거잖아! 까불구 있엉!’

노라는 속으로 쾌재를 불렀지만 겉으로는 여전히 콧물눈물을 훌쩍
였다.

“엄마아, 보구 싶어요. 아빠아아아아아~”

Saturne encor tard sera de retour;
Translat empier devers nation Brodde,

L'neil arrache a Narbon par autour.
Par autre vents fera dishonore

Un peu de temps les temples de couleurs

Quand le poisson, terrestre & aquatique

Saturne eu l'arc tournant du poisson Mars,
Venins chachez soubs testes de Saulmons.
Leurs chefs pendus a fil de polemars.

Act *4*

Puis de nouveau les guerres suscitees.

Puis de nouveau les guerres suscitees.

De la partie de Mammer grand Pontife,
Subjuguera les confins du Danube.
Chasser les croix par raffe ne riffe,
Captifs, or, bagues, Plus ne cent mille rubles

똘마쪼보 공항의 관제탑에서는 방금 전 착륙한 전용기에서 누가 내리는 것인지 무척 궁금해했다.

글로벌 익스프레스 로열 XRSR은 봄바르디어사에서 만든 최고급 비즈니스 제트기였기 때문이다.

말 그대로 하늘을 나는 궁전이라고 보면 된다.

미국 대통령의 전용기 에어포스 원 기종을 최근에 XRSR로 바꿨다는 뉴스를 들은 바 있지만 관제탑 직원들로서도 실물을 보는 것은 처음이었기 때문이다.

글로벌 익스프레스는 걸프 스트림과 함께 쌍벽을 이루는 최고급 비즈니스 제트기였다.

신형 글로벌 익스프레스로열은 기존의 기종보다 5배 정도 크기의 대형 전용기였는데 영국에서부터 논스톱으로 이곳 똘마쪼보 공항까지 날아온 것이다.

그런데 한쪽 계류장에 안착을 한 후에도 전용기 문은 열리지도 않았고 아무도 내리는 사람이 없었다.

세계적인 기업가나 유명 배우 정도가 타고 있으리라고 짐작하고는 계속 지켜봤지만 역시 아무도 내리지 않았던 것이다.

고개를 갸웃할 때쯤 되어서 공항 경찰과 경비대가 컨테이너를 매단 지프차 한 대를 경호한 채 활주로 쪽으로 들어와서는 글로벌 익스프레스로열 전용기 쪽으로 안내하는 것이 보였다.

지프차는 희한하게도 마치 칼로 자른 듯 지붕이며 앞 유리창이 잘라진 모양이었다.

관제탑에서 직원들이 망원경을 들고는 창문에 붙어서 아래를 내려다보았다.

그제야 전용기의 문이 소리없이 열리고 네 명의 양복 입은 사내들이 뛰어나와 컨테이너 문을 열고 뭔가 꺼내는 것이 보였다.

그것은 놀랍게도 관이었다.

사내들이 관을 꺼내 드는 사이 지프차에서 내린 남녀가 비행기로 오르는 것이 보였고 입구에 서 있던 은발의 노신사가 젊은 여자의 뺨을 후려치는 것이 보였다.

그때 전용기에서 이륙을 허가해 달라는 연락이 왔기 때문에 직원들은 서둘러서 자신들의 자리로 돌아가 앉았다.

잠시 후 관제탑은 이륙해도 좋다는 허락을 내릴 수밖에 없었다. 그들의 정체가 누군지도 모른 채……

전용기는 이륙 유도차량을 따라 활주로에 들어선 후 곧바로 굉음을 울리면서 똘마쪼보 공항을 떠났다.

그리고는 러시아 정보부로부터 비상을 해제한다는 지령이 내려왔다.

"어떻게 그런 몸을 하고 살아날 수 있었는지 놀라울 뿐입니다."

의사 가운을 입은 육십대의 의사가 손수건으로 손의 물기를 닦으며 다윗 로스차일드의 자리로 걸어왔다.

"수술은 잘했던가?"

"일단은 괜찮아 보입니다만, 런던에 도착하는 대로 정밀검사를 해봐야 할 것 같습니다. 러시아의 의료팀은 믿을 수 없으니까요."

다윗 로스차일드 남작과 그의 주치의였다.

이미 전용기는 시베리아를 빠져나와 알래스카 쪽으로 향하고 있었다.

잠시 창밖을 보면서 생각에 잠겨 있던 다윗 로스차일드 남작은 주치의에게 명령을 내렸다.

"크리스티안도 병원으로 데려가서 입원시키도록."

"건강해 보이던데…… 어디가 좋지 않습니까?"

"불량스런 건달 자식의 정자가 그 애 자궁에 착상을 했어……. 깨끗하게 청소해 주게."

주치의는 흠칫 놀랐다.

그리고 어리둥절한 얼굴이었지만 굳게 입을 다물고 창밖을 보고 있는 다윗 경의 모습에 더 이상 질문을 할 엄두를 내지 못하고는 그러겠다고 대답한 후 자리를 떴다.

다윗 로스차일드는 이 정도 선에서 일이 마무리되기를 차라리 다행으로 생각했다.

아담에게는 단 한 마디 수고했다는 말도 하지 않았으며 어찌 된 영문인지조차도 묻지 않았다.

이미 투시를 통해 어떤 일이 벌어졌는지를 훤히 알고 있었기 때문이
다.

그런데 기가 막힌 것은 딸 크리스티안을 겁탈한 녀석을 잡아 찢어죽
일 생각을 하고 도착을 하였으나, 갑자기 시야에서 사라져 버렸던 것이
다.

몇 번이나 투시를 시도했으나 안개처럼 도시 외곽에서 사라져 버린
것이다.

놈들이 컨테이너에서 꺼내 타고 도망친 포르쉐를 첩보위성으로 도
시를 중심으로 2백 킬로 원 안의 모든 곳을 샅샅이 뒤졌지만 역시 찾을
수 없었다.

그 건달 놈과 같이 있던 덩치 큰 녀석의 짓이 틀림없었다.

실력으로 치자면 프리메이슨이 키운 암살자들과 비교해도 손색이
없는 아담을 닭모가지 비틀듯 눌러놓고는 재빨리 그 자리를 도망친 것
이다.

얼마든지 아담을 죽일 수 있었고 딸아이를 계속 납치해서 데리고 갈
수도 있었다.

그런데 투시를 통해 확인한 것은 딸을 풀어주고 아담스를 다치게 하
지도 않고는 서둘러서는 허겁지겁 그 자리를 도망친 것이었다.

그 행동은 마치 다윗 로스차일드의 정체를 잘 알고 있다는 듯한 행
동들로밖에 해석을 할 수가 없었다.

그런데 남작 자신은 그자의 정체를 파악할 수 없었다.

그것은 놈들이 결계를 쳐서 몸을 숨겼다는 것 외에는 달리 설명할
수 없었다.

러시아에 이런 능력을 가지고 있는 작자가 있다니…… . 믿을 수 없

었다.

자신의 눈을 피할 수 있는 것은 이 지구상에서 네오 클로네이드사의 비계 덩어리 레오파드 2세뿐이라고 그동안 믿어왔다.

그것도 레오파드 2세의 능력이 아니었고 그를 돕고 있는 악어과 영장류 렙토이드 형 외계인들의 도움으로 자신의 눈을 피하고 있을 뿐이었다.

자신의 눈을 피할 수 있는 능력을 가진 작자가 있다는 것은 앞으로의 미래에 새로운 변수로 떠오를 가능성이 있었다.

놈들에 대해 샅샅이 조사를 해봐야 했다.

다윗 로스차일드 남작에게 중대한 일거리가 하나 더 늘은 셈이었다.

Act **5**

Puis de nouveau les guerres suscitees.

Puis de nouveau les guerres suscitees.

타타타타타타!

하남성 등봉현에 있는 숭산 아래에 붉은 오성홍기(五星紅旗)가 선명하게 찍힌 군용헬기 한 대가 산의 정적을 깨고 내려앉고 있었다.

프로펠러의 소리가 잦아들면서 문이 열렸고 문에 부착된 계단을 밟고 검은 인민복 차림의 늙은 사내가 내렸다.

사내의 얼굴은 얼핏 보기에도 깊은 주름이 밭고랑처럼 나 있었고 그 표정은 깊은 시름에 잠긴 모습이었다. 중공중앙군사위원회(中共中央軍事委員會)의 위원장이며 국방위(國防委) 부주석인, 포숙정의 부친인 포강천이었다.

포강천은 숭실봉을 올려보았다.

중턱의 희뿌연 안개비에 가려진 채 어렴풋 보이는 천년 고찰 소림사는 성스러움과 신비로움을 자아내기에 충분했다.

소림사라는 이름은 소실봉의 북쪽 숲에 있다라는 말에서 유래된 것이었다.

흔히 소림사는 달마대사가 창건했다고 알려져 있으나 이는 잘못된 것으로, 사실은 약 1,500년 전 북위의 효문제 때(495년) 인도에서 온 발타선사가 창건한 절이었다.

전설에 따르면 발타선사는 여섯 명의 친구와 함께 출가했는데 친구들은 모두 성불하고 발타만 부처가 되지 못하였다. 그래도 낙심하지 않고 구도의 길을 떠난 발타는 마지막으로 중국에 이르러 효문제를 만나게 되고, 효문제의 명으로 소림사를 세웠다.

그는 30년간 소림사에 머물다가 떠났다고 한다.

이 소림사의 창건에 대한 역사는 위서석노지, 배최비, 경덕전등록 등에 기록되어 있었다.

얼마 뒤인 효명제 3년(527년:발타선사가 소림사를 떠난 뒤 불과 2, 3년 후에)에 보리 달마가 소림사를 찾게 된다.

중국 무술의 창시자라고 알려진 신승 달마는 석가모니의 28대 제자인 동시에 남천축에 있는 향지국의 셋째 왕자였다.

그는 인도를 떠나 바닷길을 통해 동쪽으로 와 제일 먼저 광동성의 광주에 도착한다.

그곳에서 그는 불법을 전파하며 신통력을 발휘해서 갈대 잎을 타고 양자강을 건너 소림사로 가게 된다.

이것이 바로 그 유명한 '일위도강' 의 유래였다.

달마는 숭산의 오유봉 위에 있는 천연석굴에서 면벽 9년의 수도에 들어가는데 깊이 두 장 반(약 7미터), 너비 한 장(약 3미터) 남짓한 이 동굴은 그로 인하여 달마동이란 이름이 붙여진다.

면벽 9년 동안 달마가 마주 보고 앉아 있던 돌에는 달마의 모습이 그대로 투영되어 버렸다고 전해지고 있었다.

거무스름한 빛이 도는 흰 돌에 좌선하는 달마상이 검은색으로 찍혀진 이 '면벽석'은 높이가 석 자쯤 되는데 현재는 동배전(아미타전에 해당되는 소림의 전각)으로 옮겨져 유리상자 안에 모셔지고 있었다.

달마대사는 후에 보리유지와 광통율사의 질투로 독살당한 뒤 관 속에 신발만 남기고 사라져 버린다.

포강천은 소림사 내의 내빈관에 앉아서 조용한 향내를 풍기고 있는 찻잔을 사이에 두고 소림장문방장인 대해(大海)선사와 마주 앉아 있었다.

방장이라는 칭호는 원래 천축의 유마거사가 처음 호칭한 말로써 불법을 많이 닦은 고승들이 주로 사방 1장 정도 되는 좁은 밀실에서 도를 수련한다는 데서 유래된 것이다.

"아미타불……."

한참 만의 침묵을 깨고 대해선사는 염불을 외면서 손에 쥐고 있던 호두알만한 굵은 아홉 염주알을 엄지손가락으로 넘겼다.

"부탁입니다. 제 딸아이가 군인이나 공무원이라면 군대를 동원할 수도 있겠지만 그럴 수 없는 처지라서 스승님께 이렇게 부탁하는 것입니다. 제 딸아이를 부디 찾아주셨으면 합니다. 만일 그 애가 죽었다면 그 시신이라도 회수할 수 있게끔 도와주십시오, 스승님."

포강천의 주름진 눈 밑으로 눈물이 가득 고여서는 주룩 볼을 타고 흘러내렸다.

스승이라 칭한 것은 포강천의 스승이어서가 아니었다.

바로 딸, 숙정의 사부이며 스승이 대해선사였던 까닭이다.

숙정의 병이 호전되면서 꿔어뭬쓸(궈루이샹), 즉 곽 노사는 숙정을 데리고 무술 여행을 떠났으며 소림사 대해선사를 또 다른 사부로 모시는 예를 올리게 되었던 것이다.

숙정은 소림사의 속가제자였다

포강천은 숙정이 병원을 탈출하여 몽골 국경을 넘어 러시아로 들어갔음을 알고는 충격에 휩싸였다.

리웬호의 원수를 갚기 위해 시베리아로 간 것임을 잘 알고 있었다.

딸의 무예 실력을 잘 알고 있는 포강천이었지만 그 상대는 평범한 군인이 아니었다.

시베리아 전선에 투입된 인민해방군이 공포의 사신으로 여기고 있는 블랙드래곤이었다.

그자에 대한 정보는 중국의 정보국에서 이미 충분히 수집해 놓았기 때문에 충분히 그 실력을 파악하고 있었다.

한마디로 무서운 실력자였다.

프리메이슨의 암살자 중에서도 특스페샬 급이었으며 동양무술까지 연마하여 그 실력을 가늠할 수 없다는 보고였다.

그런 상대를 찾아 딸이 홀홀단신으로 국경을 넘어갔으니 하루하루가 바늘방석이었고 한시한시가 좌불안석이었다.

이윽고 침묵을 지키던 대해선사가 입을 열었다.

"충분히…… 알겠습니다, 곧 좋은 소식이 있을 겝니다……. 아미타불."

"감사합니다, 대사. 이 포강천이 죽기 전까지 이 은혜는 결코 잊지 않겠소이다."

포강천은 기쁜 안색으로 벌떡 일어나 포권의 예를 취하면서 허리를 굽혔다.

대해선사는 산사의 정적을 찢어내면서 날아올라 초저녁의 어둠 속으로 사라지는 헬리콥터를 바라보고 있었다.

그의 손에서는 작은 백팔염주가 한 마디씩 돌려지고 있었다.

다섯 바퀴쯤 돌았을 때 대해선사는 침묵을 깨고는 나직하게 내뱉었다.

"감원 스님."

순간 소리없이 한 명의 스님이 그림자처럼 안으로 들어왔다.

"부르셨습니까?"

바싹 마르고 낯빛이 차가운 스님이었다.

소림 장문방장 밑에는 그를 호위하는 8대호원이 있는데 다른 말로 8대호법이라고 부르기도 한다. 그들 중 우두머리는 감원이라 하였고 감찰스님으로 불린다.

그 직계가 4대금강과 18나한이었으며 감찰승인 십승십계 스님들이 있었다.

"살계스님과 투계스님을 불러주시겠습니까?"

감원이라 불리웠던 스님의 안색에서 놀라움이 비쳤다.

"그리고……."

"말씀하십시오."

"곧바로 속세로 하산할 준비를 갖추고 오라고 하십시오."

그들은 십계승으로 불리는 스님들로서 십계십승을 주관하는 높은 지위의 승려들이었다.

십계십승이란 스님들이 지켜야 할 10가지 계율을 관리하는 직위였다.

　10계란 살계, 추계 망어계, 기어계, 음계, 주계, 악구계, 탐계, 진욕계, 치계의 10가지로 이를 주관하는 승려들을 각기 살계승, 투계승의 명칭으로 불리웠다.

　살계스님과 투계스님은 소림사 내에서도 가장 높은 수련과 무공을 가진 스님들이었고 살인과 싸움을 관장하는 직위였다.

　싸움이란 단순한 싸움을 뜻하는 것만 아니고 도박이나 기타 아귀다툼에 관한 전반적인 것을 의미했으며 속세로 나간다 함은 곧 살계가 벌어질 것임을 암시하는 것이기도 했다.

Saturne encor tard sera de retour:
Translat empier devers nation Brodde.

L'oeil arrache a Narbon par autour.
Par autre vents fera dishonore

Un peu de temps les temples de couleurs

Quand le poisson, terrestre & aquatique

Saturne en l'arc tournant du poisson Mars,
Venins chachez soubs testes de Saulmons,
Leurs chefs pendus a fil de polemars.

Act 6

Puis de nouveau les guerres suscitees.

De la partie de Mammer grand Pontife,
Subjuguera les confins du Danube,
Chasser les croix par raffe ne rifle,
Captifs, or, bagues. Plus ne cent mille rubles

"오, 마이 갓!"

초이 일행들과 밀레나는 멍키영감과 오무광이 끌고 온 낡은 그레이하운드 버스를 보고는 놀랐고 그 안에 들어가 보고는 기가 막혔다.

좌석의 낡은 가죽은 닳고 닳아서 스프링이 튀어나와 있었고 안에 설치된 작은 화장실의 변기는 고장나서 지린내가 진동했다.

알루미늄 보디로 된 2층 버스였는데 미국에서 운행되던 중고를 러시아에서 들여왔다가 써먹을 대로 써먹은 후 폐차 일보 직전의 버스를 중고시장에다 내놓은 것을 멍키영감이 무슨 생각으로 사 왔는지 의심스러웠다.

그로부터 한 시간 뒤 도시 외곽의 한 철공소 앞에서는 일대 소란이 벌어졌다.

멍키영감의 명령으로 모두 버스에 달라붙어 개조 작업을 시작하고 있었기 때문이다.

무토와 마사오는 용접 절단기로 좌석의 다리를 잘라내고 그라인더로 바닥을 다듬었다.

다리를 조인 나사와 볼트가 녹슬고 삭았기 때문에 아예 잘라내야 했다.

오무광은 버스를 자키로 올린 다음에 낡은 타이어를 새 스노우 타이어로 모두 교체를 했고 야곱은 강력한 스팀 분무 청소기로 차 안의 내외관을 깨끗하게 청소했다.

컴프레샤를 통해 고온의 수중기를 뿜었기 때문에 살균 소독까지 되는 셈이었다.

초이는 멍키영감의 지시대로 침대 매트리스를 잔뜩 사서는 싣고 왔다.

모두 싱글 매트였고 하나만 오무광과 애인 밀레나를 위한 대형퀸 더블 매트리스였다.

아래 위층 모두의 의자를 잘라낸 후에 철판을 용접하여 칸칸이 방을 만들었고 입구 쪽은 간단한 음식을 해먹을 있도록 조리대와 휴식 공간으로 꾸며졌다.

버스의 2층은 오무광을 위한 신방으로 꾸며졌고 아랫층은 작은 방으로 칸막이를 한 다음에 칸칸마다 문을 달았다.

또한 망아지 꼴통의 침실은 따로 특별히 작은 컨테이너로 제작했다.

컨테이너에 타이어를 달고 연결 부착고리를 용접해서는 버스의 뒤에 매달 수 있도록 만들었다.

또한 버스는 멍키영감의 캠핑카에 매달 수 있도록 만들었기 때문에 기차처럼 줄줄이 연결된 괴상한 모양으로 변해갔다.

노라와 밀레나는 열심히 일하는 사람들을 위해 음식을 준비했고 유일하게 열외가 된 사람은 포숙정 혼자뿐이었다.

　이 모두 멍키영감의 지시대로 일사불란하게 움직였기 때문에 시시
각각 새롭게 바뀌고 있었다.

　멍키영감은 뒷짐을 진 채 만족스러운 모습으로 고개를 끄덕이다
가는 한쪽에서 우두커니 공사 현장을 바라보고 있는 숙정을 발견했
다.

　그리고는 생각이 난 듯 캠핑카의 짐칸으로 가서 하나의 물건을 꺼내
들었다.

　"숙정아."

　포숙정은 자신을 부르는 소리에 움찔 놀라 돌아보았다.

　멍키영감이 헝겊으로 둘둘 말린 기다란 것을 내밀었다.

　"선물이야, 받아."

　숙정은 의아한 얼굴로 물건을 받아서는 멍키영감을 바라봤다.

　"풀어봐."

　숙정은 헝겊을 풀었다.

　그 순간 숙정의 눈은 크게 떠졌고 복잡한 감정이 여실히 드러난 채
시시각각으로 변했다.

　멍키영감은 숙정의 표정을 주의 깊게 지켜보았다.

　기다란 봉이었다.

　한쪽 끝에는 초승달 모양의 창날이 달려 있었고 다른 끝에는 끌 모
양의 창이 달려 있는 창이었다.

　그것은 옛부터 소림사에서 '곤(棍)'이라고 불리웠으며 달마 대사의
애병기였고 숙정이 가장 아꼈던 무기인 월아찬(月牙鑽)이었다.

　멍키영감은 계속 숙정을 기억상실 상태로 방치해 둘 수는 없었다.

그래서 충격요법을 쓰기로 한 것이었고 그녀에게서 스캔한 기억 중 기억을 되찾을 만한 단서가 되는 게 무엇일까 생각하다가 그녀가 아꼈던 무기 월아찬을 만들 생각을 한 것이었다.

월아찬을 프린터로 뽑은 뒤 틈틈이 시간나는 대로 완벽하게 똑같이 재현해 놓은 것이었다.

멍키영감은 숙정의 반응으로 자신의 생각이 적중했음을 알았다.

월아찬을 본 숙정은 마치 벼락을 맞은 듯 몸을 부르르 떨었다.

순간 폭죽 터지듯 지난 기억들이 마구 뒤엉켜 떠오르기 시작했다.

순간순간 떠올랐던 낯익은 남자의 얼굴이 자신의 정인(情人)이었음을 비로소 알 수 있었다.

아버지 포강천과 사부 곽 노사의 인자한 모습과 국경을 넘던 기억, 그리고 자신이 정인의 원수를 꺾지 못하고 도리어 당한 것까지 순식간에 주마등처럼 스쳐 지나갔다.

또한 자신이 어떻게 해서 멍키영감의 캠프까지 흘러들어 왔는지는 모르지만 의식을 찾고 나서부터 지금까지의 일들은 뚜렷하게 기억할 수 있었다.

충격을 받았는지 숙정의 안색이 창백하게 변하고 있었다.

이로 깨문 입술이 파랗게 죽었으며 이마에 땀이 송골송골 배어나고 있는 것으로 보아 얼마나 극심한 고통에 시달리는지 짐작할 수 있었다.

숙정은 파르르 떨리는 손끝으로 월아찬을 천천히 쓰다듬었다.

눈물이 가득 고여서는 후두둑 떨어졌다.

하지만 소리 내어 울지는 않고 있었다.

"누구나 슬픈 과거는 있어. 더군다나 내 나이쯤 되면 말이다. 그리

고 누구나 살아가다 보면 사막을 만나게 되는 법이야, 그 사막을 건널
지…… 아니면 그곳에 주저앉을지는 본인에 달린 것이고 말야."

숙정은 월아찬을 품에 안은 채 고개를 떨구고 소리없이 오열을 하고
있었다.

"네가 위로를 받거나 네 처지를 극복하고 싶으면 초이 놈의 과거를
한번 알아보렴. 우리들 중 가장 거친 사막을 건넌 녀석이고 지금도 건
너고 있는 중이니까."

잠시 동안 침묵이 이어졌다.

망치로 두들기는 소리, 용접하는 소리, 떠들고 웃고 하는 소리들이
멀리서 들려왔다.

"네 정인이 네 가슴에 못을 박았듯이 너 역시 네 아버지의 가슴에 못
을 박으려 하고 있어. 아주 못난 짓이다, 그건."

"네……."

숙정은 고개를 들며 힘겨운 목소리로 대답을 했다.

"차 안 식탁에 술 한 병 내놨으니까 한잔하고 싶으면 해. 시장 갔다
가 화교 상점에 들러서 마오타이주 몇 병 사 왔다. 그리고 난 네가 사
막을 건너길 바란다."

멍키영감은 탄식을 하면서 몸을 돌려 멀어져 갔다.

그리고는 잠시 후.

멍키영감은 철공소의 화장실에 앉아서는 대변을 보면서 쾌재를 부
르고 있었다.

자신이 이렇게 멋진 말을 할 수 있다니!! 한마디로 영화의 한 장면이
었고 생각할수록 명대사였다.

자신에 대해 내심 놀랐고 감격해서는 고함이라도 치고 싶은 심정이

었다.

"끄아…… 흐……!"

고함은 못 질렀지만 아랫배로 힘을 주면서 배설물을 변기통에 시원
스럽게 내질렀다.

第7章
악의 씨앗 로스차일드 가문의 역사
Les fléaux passés diminué
6651

Act 1

Puis de nouveau les guerres suscitees.

그날 밤, 도시를 빠져나와서는 울창한 침엽수림 한가운데에 캠프를 설치하고는 캠프파이어가 벌어졌다.

새로운 식구들을 위한 파티를 연 것이다.

새로운 보금자리를 보고 만족한 밀레나가 러시아식 요리로 음식과 안주를 푸짐하게 만들었고 술은 소주부터 막걸리, 정종에 보드카, 마오타이주에 데킬라까지 각자의 취향에 따라 궤짝으로 내놓고 마셨으며 얼큰하게들 취한 다음엔 멍키영감의 노래방 기계까지 동원해서 모닥불을 피워놓고 밤새도록 이야기의 꽃을 피우며 노래를 불러대고 술을 퍼마셨다.

초이는 오무광과 옛시절부터 그동안 러시아까지 흘러들어 오게 된 이야기를 나눴으며 마사오와 무토는 조국 소식을 서로 아는 데까지 묻고 이야기해 주느라고 시간 가는 줄 몰랐다.

간간이 마사오의 옆에 있던 포숙정이 마사오에게 초이에 대한 것을 물었고, 마사오는 그동안 포숙정이 어떻게 해서 이곳까지 오게 되었는지를 상세하게 이야기했다.

노라는 밀레나와 연예계의 이야기로 수다를 떨었으며 사인을 열댓 장이나 받아놓았다.

개조가 끝난 버스는 그야말로 최고급 캠핑카 못지않게 탈바꿈했다.

1층 출입구 쪽으로는 휴식 공간 한쪽에 룸바까지 만들었고 2층엔 네 명이 들어가고도 남을 만큼의 대형 월풀 고급 욕조를 설치했다.

그 안쪽으로는 오무광과 밀레나의 침실이 꾸며졌다.

아래층은 1인 1실 형태의 룸이 꾸며졌는데 각 방에 컴퓨터와 간단한 책상 의자까지 놓여져 한국에 있는 고급 고시텔과 같은 분위기였다.

다른 점이라면 천장에 비스듬하게 대형 벽걸이형 텔레비전을 걸어 놓아서 침대에 누워 영화를 감상할 수 있었다.

물론 벤츠 리무진을 판 돈으로 설치한 것이다.

버스의 엔진은 멍키영감이 손을 보자 물을 연료로 하는 브라운 가스 엔진으로 탈바꿈했기 때문에 유지비도 걱정이 없었다.

꼴통의 컨테이너까지 해서 도합 세 대가 연결된 기차 아닌 기차 모양이 되어버렸기 때문에 복잡한 시내에서는 간단하게 분리를 해서 운전할 수 있도록 하였다.

하지만 시베리아의 일직선 횡단도로에서는 기차처럼 연결해서 앞에서만 운전하면 되었다.

초이는 밤에도 이미지 트레이닝을 해야 하기 때문에 멍키영감의 캠핑카에서 지내기로 했으며 마사오 또한 멍키영감님의 조수 노릇을 해야 하기 때문에 그대로 남았다.

나머지는 모두 그레이 하운드로 입주를 한 것이다.

운전은 주로 아곱과 오무광, 무토가 교대로 맡기로 결정을 했다.

무토는 더 이상 신세지는 것이 부담스럽다 하여 자진해서 운전을 맡았고 멍키영감은 흔쾌히 승낙을 했다.

이로써 멍키영감의 캠프에는 기사응시 시험 자격을 가진 사람만 3명이었으니 어느 누구도 감히 막을 수도 건들지도 못하는 프리패스의 안전한 캠핑카가 된 셈이었다.

밀레나도 그 비싼 벤츠 리무진을 팔고 고물 그레이하운드 버스를 가져왔을 때는 속이 좀 쓰린 눈치였으나 완성된 캠핑카를 보고는 아주 흡족했기 때문에 팔을 걷어붙이고는 자신이 요리와 안주를 하겠다고 나섰다.

그러자 노라가 제각 밀레나를 도와주겠다고 나섰다.

음식 만들 때마다 이리 뺀질 저리 뺀질 어떻게든 안 하려고 발버둥치던 노라가 잽싸게 나선 데에는 다 속셈이 있었기 때문이다.

노라로서는 그야말로 특종에 특종을 잡은 셈이었다.

한때 떠들썩하게 세계 격투기의 기린아로 떠올랐던 오무광, 거기에다 러시아의 최고 인기 여배우 중 하나인 밀레나 데 드보라.

처음 선글라스를 벗은 밀레나를 본 노라는 믿을 수가 없었다.

이토록 아름다운 여자를 눈으로 본 것은 처음이었다.

여자로서의 자존심과 질투심이 한 방에 날아가 버리는 순간이었다.

하지만 그것도 잠시, 오무광 하나만 해도 특종감이었는데, 그런 오무광의 애인이 러시아 최고의 국민 여배우였던 밀레나였으니 특종 중에서도 이런 특종은 없을 것이다.

대충 사연을 들어본 바에 의하면 마피아에게 강제로 납치되다시피해서 영화 활동이 중단되었고 마피아 보스의 첩 노릇을 하다가 오무광과 일종의 사랑의 도피행을 한 셈이었다.

그 마피아는 얼마 전에 궤멸되었음을 노라는 인터넷 뉴스를 통해 알았다. 까잔파의 궤멸이 오무광과 직접적인 관계가 있으리라 짐작되는 부분이었다.

오무광이 격투기계에서 사라진 후의 행적은 그야말로 영화를 방불케 하는 극적인 삶이었다.

오무광이 격투기계에서 신성으로 떠올랐다가 스러진 후 다시 러시아에 나타나 기사가 되어 전쟁 영웅이 되어가는 과정을 연재로 올리면 초이 못지않은 대단한 반응을 불러일으킬 게 분명했다.

헐리웃의 영화 제작사들이 달려들지도 모를 일이었다.

액션, 사랑, 모험, 반전 등 전형적인 헐리웃이 요구하는 필요한 요소를 고루 갖춘 셈이다.

또한 무토란 일본 사내도 예사로워 보이지 않았다.

하지만 일체 입을 다물고 있기 때문에 그에 대해서는 알 수 없었지만 파헤쳐 보면 반드시 뭔가 굵직한 것이 튀어나올 것 같은 느낌이 있었다.

특종의 냄새를 기가 막히게 맡아내는 개코를 가진 노라였다.

거기다 포숙정 또한 어떤가.

중원 천하제일 가문의 외동딸로 사랑하는 연인을 잃고는 복수를 위해 홀홀단신으로 시베리아로 넘어와서 블랙드래곤에게 오히려 죽임을 당할 뻔한 것이다.

거기에다 기억상실증까지 걸려서…….

이 사연까지 올라가면 대박 중에서도 대박감이었다.

좌우지간 노라로서는 일단 모두와 친해져야 했기 때문에 밀레나를 도와 열심히 요리를 했으며 마음껏 마시고 떠들고 웃고 노래 부르고

놀았다.

각자 돌아가면서 노래를 부를 때에는 멍키영감은 심수봉의 노래 '남자는 배 여자는 항구'를 기가 막히게 불러제껴서 박수갈채를 받고는 앵콜곡까지 한 곡 더 불러야 했다.

그런데 그 앵콜곡이 주책맞게도 리쌍의 '조까라마이신' 이어서 분위기를 썰렁하게 만들었다.

하지만 노라가 재빨리 박상민의 '무기여 잘 있거라' 와 '무기라도 됐으면' 을 줄창 불러서 박장대소를 하게 만들어 분위기를 되돌려 놓았다.

각자 통역기를 달고 있었기 때문에 노래 가사를 알아들을 수 있었기 때문에 배꼽 잡고 들을 수 있었던 것이다.

밀레나의 차례가 되자 밀레나는 오무광을 끌어 잡아당겨서는 커플 듀엣으로 노래를 불렀다.

그대는 마법에 걸려 주문을 거네,
그 언젠가 들판의 바람과 짝을 이루었어요.
자유를 앗아가 버린 속박과도 같은 그대.
나의 소중한 여인이여.
즐겁지 아니하고,
그렇다고 슬픔에 싸여 있지도 않은.
마치 하늘의 어둠으로부터 내려온 듯한 그대…….
노래와도 같은 그대는 나의 약혼자,
별님과도 같은 그대는 나의 약혼자.
별님과도 같은 그대는 나의 열정.

N. 짜볼로스키 작사, M. 즈베즈진스키 작곡의 러시아 로망스 명곡
이었다.

러시아 원제는 마법에 걸린 듯 사랑스런 나의 여인이여, 인데 보통
고백(쁘리즈나니예)로 많이 불리우는 노래였는데 오무광도 러시아 말로
생긴 것과는 다르게 근사하게 불러냈다.

밀레나가 가르쳐 준 노래였는데 노래를 부르는 둘의 모습에는 사랑
이 철철 넘쳐흘러서 다들 부러운 눈초리로 바라보았다.

거기까진 좋았는데 그 뒤의 가사가 문제였다.

나는 그대의 무릎 위에 쓰러져
열렬한 힘으로 그대를 끌어안을 것이네.
눈물과 시로 애틋한 그대를 불타오르게 할 것이네.
사랑스러운 여인이여, 그대는 왜 눈물짓고 있는지
지나간 슬픔을 생각하며 애태우지 마오.

초장부터 잠자코 마오타이주를 들이키던 포숙정이 끝내는 참지 못
하고 눈물을 주룩 흘리더니 벌떡 일어나 그 자리를 떠나 버린 것이다.

오무광과 밀레나가 영문을 모르고 어리둥절해서 묻자 멍키영감은
알려줄 테니 귀를 가까이 대라고 했다.

오무광이 허리를 숙이자 멍키영감은 펄쩍 뛰면서 오무광의 머리를
쥐어박았다.

"에이, 베라 묵을 놈아! 왕년에 애인 없고 사랑 안 해본 놈 있냐! 성
난 호랭이한테 돌팔매질을 해라!"

좌우지간 그렇게 밤이 깊어갔고 모두들 취했으며 모닥불이 사그라들 때쯤 하나둘씩 그 자리에 뻗다가 자기 침실로 기어들어 가 곯아떨어졌다.

Act 2

Puis de nouveau les guerres suscitees.

Puis de nouveau les guerres suscitees.

그 시각, 라스푸틴과 크루거는 노보시르비스크 시에서 얼마 떨어지지 않는 교외의 외곽 농장 창고에서 숨을 죽이고 숨어 있었다.

하루종일 꼼짝도 않고 건초 더미의 농장 창고 안에 차를 박아놓고는 숨을 죽이고 숨어 있었던 것이다.

컨테이너에서 포르쉐를 꺼내서는 걸음아 날 살려라 하고 꽁지 빠지게 밟아 이곳 농장의 창고를 발견하고는 다짜고짜 차를 건초 더미에 박은 것이다.

창고 안에서 일을 하고 있던 사십대의 러시아 남자와 칠십대의 노인이 채 항의를 하기도 전에 라스푸틴은 그들을 최면술로 재워놓고는 창고 안에서 키우던 닭과 양을 잡아 피를 사방에다 뿌리고는 주문을 외웠던 것이다.

크루거는 기가 죽어서는 잠자코 라스푸틴이 하는 짓을 지켜볼 수밖에 없었다.

하마터면 금발 녀석의 광자검에 갈갈이 찢겨 죽을 뻔했던 것을 생각하면 오한이 끼쳐서 움직일 수가 없었다.

놈의 눈빛은 흡사 뱀 같았고 그 모습을 떠올리기만 해도 소름이 쪽 쪽 끼쳤다.

그런 후에야 둘은 좁은 시동을 틀어놓은 포르쉐 안에 들어가서 하루 종일 꼼짝도 않고 있었던 것이다.

단지 남편과 아들이 창고에서 나오지 않자 찾으러 온 할머니까지 최 면을 걸어서는 술과 식사를 가져오게 해서 차 안에서 먹어치웠다.

그렇게 한숨 돌리고 나자 크루거는 도대체 놈의 정체가 뭐냐고 물었 다.

그리고 그 로스차일드 가문이 도대체 어떤 얼어죽을 집안이냐고 물 었다.

러시아 황제 폐하의 가문이 지상 최고의 가문인 줄 알았던 크루거이 니 도무지 납득을 할 수 없었던 것이다.

러시아 황실의 가문과 견줄 만한 것은 영국의 엘리자베스 여왕의 가 문이나 일본 천황가의 가문 정도일 테고 그나마 일본은 없어졌으니 영 국 엘리자베스 여왕의 가문밖에 더 있겠는가.

그런데 엘리자베스 여왕 가문 따위는 안중에도 두지 않는 게 크루거 가 강간을 한 계집의 집안이라니 더욱 궁금할 수밖에 없었다.

그런 집안의 계집이 뭣 빨일이 있다고 시베리아 구석까지 기어들어 오느냔 말이다.

그것도 경호원 한 명 없이.

믿지 못하는 크루거에게 라스푸틴은 아카식 레코드에서 직접 그 집 안의 역사를 꺼내서 보여주겠다고 했다.

크루거는 그 아카식 레코드부터 설명해 달라고 했다.

그러자 라스푸틴은 앙천광소를 터뜨렸다.

"드디어 네놈이 역사 의식에 눈을 뜨기 시작하는구나, 크크큭큭! 너라는 놈은 혼구멍을 당할 필요가 있긴 있어. 크흐흐흐."

그리고는 눈앞에서 영사투시를 펼쳐 보였다.

놀라운 광경이 벌어지기 시작했다.

어둠에 싸인 창고 안이 아예 칠흑같이 깜깜해지더니 여기저기 별이 뜨기 시작하는 것이 아닌가.

아래도 떠 있었고 위에도, 옆에도 별들 천지였다.

포르쉐가 마치 우주 공간에 떠 있는 듯한 광경이 펼쳐졌던 것이다.

그리고는 거대한 지구가 바로 옆에 떠 있는 것이 보였다.

얼마나 생생한지 각양각색 모양의 인공위성들이 횡횡거리면서 크루거를 덮칠 듯이 날아와서 비명을 지르고 웅크렸지만 환영임을 곧 깨달았다.

그렇지만 너무나 생생했다.

그리고 라스푸틴의 파동으로 전하는 텔레파시가 크루거의 뇌 안에서 울려 퍼졌고 크루거는 넋 나간 듯이 두리번거리면서 듣고 있었다.

아카식 레코드는 지구행성 주위의 에너지 벨트에 고밀도의 진동수로 각인된 모든 생명체의 경험과 사고 에너지의 총체적인 저장고인 비셀 기록전시관이었다.

고도의 진동수를 지닌 매우 정교한 이 우주의 근본 에테르에 자신의 진동수와 호흡을 맞춘 라스푸틴은 우주 도서관 아카샤의 영내로 진입하여 로스차일드 가문에 관한 기록된 고도의 에테르 진동과 소리와 생각, 모든 행적들을 그대로 투영해서 크루거에게 보여주기 시작했다.

로스차일드는 1743년 독일 프랑크푸르트의 유대인 마을에서 모세스 바우어(Mayer Moses Bauer) 맏아들로 태어났다.

다른 독일 지역 같으면 150명 정도가 살았을 그 지역에 무려 3,000명이나 되는 유대인들이 살았다.

더욱이 그들 유대인은 유대인이라는 이유로 특별세금을 내야 했고 나치 독일의 영화에서 나오는 노란색의 유대인 표식을 달고 다녀야 했다.

또한 프랑크푸트의 다른 지역을 지나갈 때에는 유대인은 돈을 내야 지나갈 수 있었으며 외딴길에서 유대인이 아닌 사람들을 만나면 자기보다 어리더라도 모자를 벗고 인사를 해야만 하는 비참한 생활을 하고 있었다.

그나마 프랑크푸트는 다른 지역에 비해서 다른 유럽 지역에 비해 나은 편이었다.

그 당시 독일에는 각 지역마다 영주가 있어서 별도의 법을 갖고 통치되고 있었다.

로스차일드의 아버지는 이러한 지역에서 가게를 하고 있었고, 그 가게에는 붉은 바탕에 사자와 유니콘이 그려진 방패 모양의 간판이 달려 있었고 가게 이름이 붉은 방패(Rot-Schild)가 된 것이고 이것이 후에 그의 성 로스차일드가 된 것이다.

로스차일드는 10세부터 부모가 시키는 대로 유대교의 랍비(rabbi:유대교의 율법사, 율법학자) 양성 학교에 들어가 공부했으며 20세가 채 되기도 전에 그의 아버지가 돌아가시자 중도에 학업을 중도하고 친척의 도움을 받아 하노버에 있는 오펜하이머란 유대계 은행에 취직함으로써 평생 은행원으로서의 편안한 생활이 보장되었다.

그러나 그는 곧바로 은행을 그만두고 고향인 프랑크푸르트로 되돌
아와서 그의 아버지가 하던 고물장사를 동생들과 함께 시작한다.

그는 헌옷, 골동품, 가구 등의 물품을 취급하면서 한편으로는 다른
나라에 다른 행정 지역의 돈과 엽전도 사다가 팔았으며 취미를 겸해
옛날 훈장을 사들여 광을 내고 장식한 다음 귀족들에게 골동품이나 기
념품 등으로 판매했다.

그러면서 점차 돈을 벌어 경제적 안정을 이루었으며 귀족들과도 친
분을 쌓기 시작했다.

당시의 독일은 여러 개의 작은 독립국으로 나뉘어 있었고 그중 프랑
크푸트 지역에 황태자 빌헬름은 부인인 덴마크 공주와의 사이에 낳은
3명의 자녀 외에도 여러 명의 애인으로부터 낳은 20명 이상의 자녀가
있었는데 그들은 화려한 생활을 즐기며 돈을 물 쓰듯이 쓰는 난봉꾼이
었다.

로스차일드는 언젠가 왕이 될 그들에게 돈을 빌려주면 자신에게 이
익이 되리라 간파했고, 돈도 안전하게 훨씬 많이 벌 수 있을 뿐 아니라
그들의 약점을 이용해 자신의 힘도 키울 수 있다고 판단한 것이다.

특히 왕이 황태자의 가족과 개인적으로 친해지고 그들의 일이라면
만사를 제쳐 놓고 충성하는 사람으로 인정을 받을 필요가 있다는 것을
깨달았다.

그는 이러한 판단을 즉각 실천에 옮겼고 빌헬름 황태자로부터 특별
허가를 얻어 자기 가게에서 세금을 걷는 대행업을 하는 동시에 소규모
의 금융사업을 벌임으로써 그는 독일 사회에서도 남부럽지 않게 부자
행세를 할 수 있는 정도의 돈을 모으게 된다.

얼마 후 황태자는 황제가 죽고 난 다음 로스차일드의 기대대로 벨헬

름 9세로 즉위한다.

당시 돈으로 약 4천만 달러나 되는 엄청난 유산을 상속받았고, 미국 독립전쟁 때 자신의 군대를 빌려준 대가로 300만 달러를 받아 챙긴 인물이었다.

하지만 이것도 잠시, 얼마 후 프랑스의 나폴레옹이 전 유럽을 휩쓸기 시작해 드디어 1806년에는 빌헬름 9세의 작은 공화국 헤세하나우마저 점령하였다.

빌헬름 9세는 처가인 덴마크로 피신하면서 자신의 재산을 보호하기 위해 부데루스라는 재무관에게 돈을 맡겼으며 부데루스는 그 막대한 돈을 빌헬름 9세가 필요할 때 돌려준다는 조건으로 로스차일드 은행에 맡겼다.

이때부터 로스차일드는 세계 금융가에 그의 이름이 알려지기 시작한다.

로스차일드는 5명의 아들과 5명의 딸이 있었다.

첫째 아들은 암셀은 독일에서 아버지 사업을 이어받았고 나중에 통일 독일의 재무장관이 되었다.

그리고 둘째 아들은 오스트리아에, 셋째 아들 나탄은 영국에, 넷째 아들인 칼만은 이탈리아로 가서 자신들의 영역을 개척하기 시작했다.

다섯째 아들인 야콥은 프랑스로 가 각각 그 나라에서 귀족이 되거나 경제권을 장악했다.

뿐만 아니라 다른 나라에 있는 형제들과 서로 연락을 취해 공동으로 돈을 벌기도 하였는데, 지금으로 말하면 다국적 금융기관이 되어 국제 대출업을 한 셈이었다.

예를 들면 제임스 로스차일드(프랑스로 간 야콥의 자식)의 1850년도 자산 규모는 6억 프랑으로 이는 나머지 전 프랑스 은행의 자산을 모두 합한 것보다 무려 1억5천만 프랑이나 더 큰 액수였다.

한편 로스차일드 가문은 막대한 금력으로 그 나라에 통치자들로부터 검열없이 국경을 드나들 수 있는 특권을 얻기도 했는데 심지어 적국에까지 마음대로 드나들 수 있는 특별한 신분의 소유자가 된다.

또한 그들은 그 무엇보다도 통신을 중요하다는 사실을 간파하고 비밀리에 비둘기를 이용한 통신 방법을 발전시켰다. 이른바 동양에서 사용하던 전서구(傳書鳩)를 보고 힌트를 얻은 것이다.

물론 이것은 동양에서만의 것이 아닌 고대 로마 제국 시절부터 이용되어 온 방법이었지만 그 무렵에는 거의 잊혀진 방법이었다.

로스차일드 가문에서는 유럽 각 나라에 분산되어 있는 형제들 간에 긴밀한 연락을 취하기 위해 잘 훈련된 비둘기를 사용하기 시작한 것이다.

그 형제들은 일찍부터 정보가 곧 돈이라는 것을 깨달았던 것이다.

애초에 빌헬름 9세가 로스차일드에게 맡겨둔 돈은 그 당시 화폐 가치로 치면 엄청난 거금이었다.

그런데 그는 빌헬름 9세의 요구대로 그 돈을 숨겨두는 대신 다섯 아들에게 나누어 주어버린다. 그것은 일생 일대의 도박이나 다름없었다.

그의 아들 중 셋째 아들 나탄은 동인도 회사(East India Company)를 통해 그 돈으로 많은 금들을 사들였고 나폴레옹 1세와 전쟁 중이던 영국의 웰링턴 공작에게도 군자금을 빌려준다.

반면 프랑스에 간 나탄의 동생 야콥은 아버지가 보내준 돈을 나폴레옹에게 군비로 빌려준 후, 1815년 워털루 전투에서 나폴레옹과 웰링턴의 결전을 주의 깊게 지켜보았다.

당시 영국에서는 나폴레옹의 위력이 너무 강하므로 십중팔구 영국이 위털루 전투에서 패할 것으로 생각하는 게 전반적인 분위기였다.

그런데 뜻밖에도 워털루 전투에서 영국이 승리하는 것을 지켜본 로스차일드의 넷째 아들 야곱은 곧바로 비둘기를 날려 영국에 있던 나탄에게 영국이 승리했음을 알린다.

그 소식을 접한 나탄은 즉시 런던의 주식시장으로 뛰어가서는 비통한 표정을 짓고 있었다.

나탄은 주식시장의 큰손이었다.

그가 주식을 사면 따라 사고, 그가 팔면 따라 팔 정도로 큰 거목이었던 것이다.

사람들이 긴장한 채 나탄을 주시하고 있을 때, 나탄은 팔아라! 라고 외치고는 그 자리를 빠져나간다.

나탄이 팔라고 할 때에는 분명히 영국이 전쟁에서 패했기 때문이 아닌가……!

결국은 너도나도 앞 다투어 주식을 팔려고 아우성이었다.

어떻게든 팔아서 한 푼이라도 건지려는 사람들로 지옥 같은 광경이 연출되었으며 영국 내의 모든 주식 가격은 순식간에 휴지 값이나 다름없이 떨어졌다.

나탄은 비밀스럽게 조직해 놓은 매수팀을 동원해서 그 똥값이 된 주식들을 모조리 사들인다.

다음날이나 돼서야 월링턴이 보낸 사자가 승전 소식을 알려왔고 영국 전체는 국민들의 환호성으로 뒤덮였다.

동시에 영국의 주식 가격은 천정부지로 치솟기 시작했다.

그제야 주식을 팔았던 사람들은 나탄에게 당한 것을 알고 날뛰었지만 이미 나탄은 종적을 감춘 후였다.

유럽의 신문들은 나탄 로스차일드가 영국의 모든 돈을 움켜쥐고 영국을 산 것이나 마찬가지라고 떠들어댔다.

나탄은 영국에 온 지 17년 만에 처음 갖고 있던 돈의 2천5백 배로 단숨에 불린 것이다.

이러한 경험을 통해서 로스차일드 가문의 형제들은 전쟁에서 돈 버는 방법을 터득하게 된다.

전쟁이 터지면 항상 한쪽은 이기고 다른 한쪽은 지게 마련이며 양편에 돈을 빌려주었을 경우에도 확실하게 남는 장사임을 깨달았다.

오히려 패전국은 빌려준 돈의 이자보다 훨씬 많은 금액을 승전국에게 지불할 수밖에 없었다. 전쟁보상금이라는 명목으로.

만약 패전국이 그럴 만한 돈을 갖고 있지 않다면 이긴 쪽의 정부에서 점령국의 국민들에게 세금을 더 거둬들여 지불하곤 했다.

그러므로 로스차일드 형제들의 입장에서 보면 전쟁은 가장 안전하게 큰돈을 벌 수 있는 수단이었으며 말 그대로 돈 놓고 돈 먹는 장사였다.

개인을 상대로 하는 것보다 훨씬 안전할 뿐 아니라 이익도 많았던 것이다.

그때부터 로스차일드 가문의 형제들은 어떻게든 전쟁을 일으키게끔 일을 꾸미고 뒷공작을 하기 시작했다.

돈을 빌려주면서 막강한 군대를 양성한 다음, 이웃국가와 실력 대결을 벌이도록 충동질하는 것이 아예 공식화되어 버릴 정도였다.

현재의 러시아도 마찬가지였다.

미국은 중국과 러시아 양쪽 모두에게 무기를 팔아먹고 있었고 그 무기상들은 프리메이슨들이 조종하고 있었으며 그 프리메이슨에게 명령을 내리는 것은 로스차일드 가문이었다.

특히 오늘날에는 그들의 권한이 전 세계적으로 퍼져 있어 돈을 빌려줄 때 실제로 돈을 주는 것이 아니라 가격에 해당하는 증서만 써주고 그 신용에 의해 물자를 살 수 있도록 해주면 된다.

이것이 바로 부분지준은 제도라 하는 것이며 현재 세계은행, IMF, BIS 등이 이렇게 함으로써 국가의 빚은 눈덩이처럼 더욱 커져만 가게 된다.

한 예로 한국이 IMF에 목을 졸리고 있을 당시의 1999년 골드만삭스는 국민은행에 5억 달러를 투자했고, 2년 뒤 주가가 올라 15억 달러를 회수해 갔다.

그 뒤를 이어 뉴브리지 캐피탈과 칼라일 그룹이 제일은행과 한미은행을 매각하면서 10억 달러를 단숨에 챙겼던 일이 있었다.

이는 과거 대형펀드나 국제 핫머니가 시세차익을 얻으려고 한국 금융기관을 사들였던 것과는 차원이 다르다는 것을 분명히 기억해야 한다.

한나라의 경제를 거덜내면서 돈을 벌어들이는 일을 서슴지 않고 해치우는 작자들이 그들이었다.

국제금융을 장악하는 거물들은 거의 모두가 유대인이었다.

유대인으로써 핍박받던 기억을 잊지 못해서인지는 몰라도 그 형제들의 돈을 벌어들이는 수법은 그야말로 피도 눈물도 없는 무자비한 방법들을 서슴없이 자행하였다.

특히 경제적 거목이 되어 프리메이슨에 가입한 후로는 알루미나티의 아담 와이샤우트의 경제적인 지원자가 되었다.

그래서 그는 와이샤우트가 일루미나티를 조직하는 계획을 뒷받침해

주었을 뿐 아니라 프리메이슨 엘리트들을 동원해 유럽 각국의 왕실과 정부를 장악했던 것이다…….

아울러 그즈음 미국이 독립하여 광대한 땅을 소유한 강대국으로 두각을 나타내자 로스차일드 가문은 재빨리 미국으로 손을 뻗기 시작한다.

로스차일드 가문은 야콥 시프(Jacob Schiff)란 청년을 뉴욕으로 보내 미국의 총책으로 맡긴다.

그는 프랑크푸트에 있는 로스차일드의 집에서 한 가족이나 다름없이 같이 살던 랍비의 손자였다.

야콥 시프는 몇 년 동안 미국을 관찰하고 파악한 다음 쿤롭이란 유대계 금융회사를 선택해서 동업자로서 투자하여 사업을 시작한다.

쿤롭사는 원래 서부시대 당시 마차를 끌고 전국을 돌아다니면서 일종의 서민 금고 식으로 운영되는 금융회사였다.

이후 야콥시프는 유럽의 로스차일드 가문을 대표하여 전 미국의 경제권을 장악해 나갔는데 그 일환으로 뉴욕증권 시장과 기업체에 대한 대출업무를 시작했다.

바로 로스차일드의 하수인이었던 그가 러시아의 황제를 무너뜨리기 위해 2천만 달러를 투자했다는 이야기를 죽기 직전에 털어놓았다.

미국에서 가장 강력한 은행가는 J.P 모건(John Piermont Morgan)이었다.

그의 아버지 J.모건은 로스차일드의 대리인으로 유명한 조지 피바디와 동업으로 금융사업을 벌였으며 남북전쟁 때는 링컨 정부에 막대한 자금을 빌려주어 돈을 벌어들였다.

J.P 모건은 철강산업의 카네기, 철도산업의 헤리먼, 석유산업의 록

펠러 등 세계 굴지의 사업가들에게 자금을 대준 장본인인 것이다.

J.P 모건 역시도 야콥 시프가 조종한 대로 로스차일드의 자금을 받아 움직이는 사람이었다.

1902년 로스차일드 가문은 독일계 유대인 와벅 형제, 둘째 폴 와벅과 막내 펠릭스 와벅을 미국으로 보내 야콥 시프의 뒤를 잇게 했다.

와벅 형제는 결혼을 통해 롭 가문 및 시프 가문과 인척을 맺어 미국 경제계의 귀공자로 활약했다.

와벅 삼형제 중 첫째는 독일에 그대로 남아 화벤(I.G. Faben:오늘날 Hoechst.Bayer.BASF)의 전신이란 화학회사의 대표가 되었으며 그후 미국에 있는 다른 형제들과 합작하면서 나치 독일의 재벌이 되었다.

이러한 배경에 세계대전 당시 미국, 영국 연합군의 치열한 폭격하에서도 독일의 화벤사는 무사할 수 있었던 것이다.

그리고 전쟁이 끝난 후 나치에 협력했던 독일인, 즉 모두 전범으로 처벌받을 때도 미국 자본과 결탁되어 있던 그들은 그 대상에서 제외된다.

거슬러 올라가 1차 세계대전 후 처참한 상태에 놓여 있던 독일이 히틀러가 정권을 장악한 후 불과 6년 만에 전쟁을 일으킬 정도로 막강한 세계 부국이 되는 이유도 미국의 대기업들이 돈을 대주었기 때문이다.

그 당시 미국은 대공황을 맞았는데 이러한 자금 조달을 하기 위해서 미국의 대공황을 조장하였다는 사실은 오늘날 월가에서 전설처럼 소문으로 떠돌고 있을 뿐이다.

이처럼 로스차일드는 유럽의 주요 국가들과 미국에 각각 책임자들을 지정하고 그들을 재벌로 만들었고, 그리고 아프리카, 남아프리카,

아시아 대륙은 자원을 공급하고 생산품을 소모하는 이른바 그들의 밥이었다.

남아프리카의 경우에는 세실 로드라는 사람을 보내어 다이아몬드 광을 위주로 막대한 돈을 긁어들였고 정치권을 장악하게 만들었으며 남미대륙에는 미국 사업가들을 앞세워 점령시켰으며 각국 중앙은행들을 모두 소유하게 만들었다.

더욱이 로스차일드는 이스라엘 건국의 아버지이며 실질적인 주인인 셈이었다.

세계적으로 가장 우수한 조직으로 손꼽히는 모사드(이스라엘의 비밀 정보국)의 예산을 거의 전담하다시피 맡아서 운영하고 있다면 뻔한 것 아닌가.

뿐만 아니라 그들의 목적에 방해가 된다면 가차없이 제거해 버렸다.

미국의 케네디 가문의 두 형제가 암살당한 것 역시 로스차일드의 이익에 위반되었기 때문이다.

결국 로스차일드 가문은 지구의 주인이라고 불러도 될 만큼 막대한 돈과 세력을 쥐고 있지만 세상 사람들이 그러한 내막을 일일이 알 수는 없었다.

그만큼 그들은 철저히 자신을 은폐하고 뒤에서 조용히 움직이고 있기 때문이었다.

"맙소사……."

마치 한 편의 다큐멘터리 역사 드라마 같은 광경을 눈앞에 펼쳐진 광경으로 생생히 지켜본 크루거는 입을 딱 벌린 채 창백하게 질려 있었다.

러시아가 최강이라고 믿고 있던 크루거였다.

그런 이 러시아조차 한 방에 날려 버리고 지구상에서 삭제시킬 수 있는 가문이 있다는 것은 충격일 수밖에 없었다.

그리고 그 가문의 무남독녀를 자신이 강간해 버렸다는 것은…… 생각만 해도 끔찍했다.

자칫 잘못하면 블라디보스톡의 자신의 집안과 황실에 있는 외조부며 일가친척까지 한순간에 멸문지화를 시킬 수 있는 짓을 자신이 저질렀다는 것을 비로소 깨달았던 것이다.

천하의 라스푸틴이 이렇게 꽁지 빠지게 도망쳐서 숨어 있을 수밖에 없는 이유도 모두 깨달았다.

"네가 무슨 짓을 했는지 알게 될 거야, 개자식아."

계집년이 자신을 비웃으면서 했던 말이 떠올랐다.

"오, 마이…… 갓."

크루거는 머리카락을 움켜쥐고는 핸들에 머리를 쿵쿵 박아댔다.

"이놈아, 그래서 옛말도 있잖느냐, 뿌리를 잘 놀려야 한다고. 크크크."

"남말하지 마, 영감탱이! 난 죽고 싶단 말이다!"

가랑잎이 솔잎 보고 바스락거린다고 화낸다더니 그 꼴이었다. 라스푸틴 자신조차 뿌리를 잘못 놀리다가 총 맞고 칼 맞아서 네바다 강물에 처박혀 살해되지 않았던가.

둘은 역시 떨어질래야 떨어질 수 없는 환상의 복식조임에 틀림없었다.

Act 3

초이는 머리를 흔들면서 잠에서 깨었다.

어젯밤 모처럼 과음을 해서 갈증 때문에 눈을 뜬 것이다.

차창 밖으로 푸르스름하게 여명이 터오고 있었다.

초이는 침대에서 내려와 냉장고 문을 열고는 계란과 식초를 컵에 풀어서는 단숨에 들이켰다.

2층 침대 위에서 마사오가 곤히 잠들어 있었고, 아래층 침대에서는 멍키영감이 불룩한 배를 드러내고 코를 골면서 잠들어 있었다.

안은 스팀으로 인해 따뜻했다.

초이는 도복으로 갈아입고는 목에 수건을 하나 걸친 후 문을 열고 밖으로 나왔다.

차가운 공기가 술을 확 깨게 만들었다.

손에 밴디지를 감고는 목장갑을 끼었다.

양쪽 손발목에 각반을 차고는 모래 조끼를 걸친 후 가볍게 로드웍을 시작했다.

“훅훅.”

숨을 쉴 때마다 허연 김이 구름처럼 입에서 뿜어졌다.

산 쪽으로 뛰기 시작했다.

발목까지 푹푹 들어가는 눈 속을 60킬로가 넘는 모래주머니들을 차고 달리는 것은 보통 사람들로서는 엄두도 못낼 일이었다.

하지만 초이는 근육이 충분히 풀어졌음을 느끼고는 전속력으로 달리기 시작했다.

울창한 침엽수림 사이를 마치 준마가 달리듯 거침없이 치달았다.

산의 비탈진 언덕을 노루처럼 뛰어올라 갔다.

잽을 날리면서 스텝을 밟았다.

모든 전투력의 기본은 체력이었고 지구력이었다.

그 다음에 기술이었다.

팔다리를 강철처럼 만들어야 했고 몸통은 생고무처럼 탄력있게 만들어서 적의 공격으로부터 데미지를 최소한으로 만들어야 했다.

공격은 치명적으로 하되 데미지는 최소한으로.

이것이 초이의 체력훈련의 기본방침이었다.

몇 번을 산등성을 왕복하자 땀이 비 오듯 흘러내렸다.

온몸의 땀구멍을 통해서 지난밤에 마신 술의 알코올이 모두 빠져나가고 있음이 느껴질 정도로 상쾌했다.

몸을 일으켜서는 아름드리 자작나무 기둥을 정강이로 걷어차기 시작했다.

쾅! 쾅! 쾅!

산속에 둔중한 소리가 울려 퍼졌다.

찰 때마다 눈덩이들이 우수수 떨어져 초이를 덮어씌웠다.

눈으로 샤워를 하는 셈이었다.

나무껍질이 부서져서 터져 나가도록 발로 차댔다.

그런 다음에는 정권 찌르기로 쳐댔다.

뼛속을 타고 아픔이 전해졌지만 계속 쳐대자 감각이 무뎌지기 시작했다.

계속 쳐대면 뼈는 부러질 것 같은 위기의식을 느끼고는 스스로 방어를 시작한다.

골밀도(骨密度)가 높아지면서 철근처럼 단단하게 스스로를 무장하기 시작하는 것이다.

그래서 뼈가 부러진 다음에 붙으면 더 단단해진다고들 말하는 것이다.

마침내 나무껍질이 완전히 벗겨지고 안의 흰 속살이 보이기 시작했다.

계속 쳐대자 수액이 튀어서 얼굴에 닿았다.

나무가 흘리는 피의 냄새라는 생각이 순간 초이의 뇌리를 스쳤다.

초이는 주먹질을 멈추고 나무를 올려봤다.

이 추운 시베리아에서 추위를 견디며 살아가고 있는 나무에게 미안하다는 생각이 들었던 것이다.

나무에게 합장을 해서 미안한 마음을 전하고는 앞으로 나무를 치지 말아야겠다는 생각을 했다.

그 모습을 지켜보는 시선이 있었다.

포숙정이었다.

밤새 잠 못 이루고 꼬박 밤을 새운 다음에 밖으로 나와 바위에 앉아서 오랜만에 운공조식을 했던 것이다.

무아경에 빠져들 때쯤 쿵쿵거리는 소리에 눈을 떴고, 소리를 따라 자신도 모르게 발걸음을 향했다.

초이였다.

나무 뒤에서 몸을 숨기고 초이를 살펴보는 숙정의 눈은 점점 더 놀라운 빛이 서렸다.

멀리서 본 초이의 모습은 놀랍도록 자신의 정인이었던 리웬호 대령과 흡사했던 것이다.

훤칠한 키, 강한 턱과 스포츠 머리스타일까지…….

순간적으로 리웬호가 환생한 것이 아닐까 하는 생각까지 들 정도였다.

그런데 초이가 나무를 향해 합장을 하면서 미안한 심정을 표현하는 모습을 취했을 때 숙정은 알 수 없는 감동으로 콧등이 시큰해졌다.

초이는 멍키영감이 알려준 운공조식의 방법에 따라 바위 밑에서 가부좌를 틀고 정신을 집중했다.

잠시 후 전에 느꼈던 것과 같이 에너지가 몸에 충만해짐을 느끼면서 몸이 들썩거리기 시작했다.

초이는 눈을 떠서 눈앞에 있는 바위를 노려보았다.

바위는 단단한 물질이지만 사실은 조밀한 분자결합을 한 에너지일 뿐이라는 것에 생각이 미쳤다.

이를 테면 허상일 수도 있었다.

바위를 향해 손을 뻗어 손바닥으로 바위를 만졌다.

차가운 촉감이 전해졌다.

허상으로 생각을 했지만 바위의 느낌은 너무나 생생했다.

결코 허상이 아닌 것이다.

이것 또한 자신의 마음에서 비롯된 것임을 초이는 안다.

만일 바위가 바위가 아님을 초이의 오감이 받아들이면 바위는 바위가 아니게 될 것이다.

아프리카의 부족들이 황홀경 상태에서 벌겋게 달구어진 석탄 위를 맨발로 걷고도 발바닥이 멀쩡한 것은 한국의 무당들이 시퍼런 작두칼 위에서 춤을 추는 것과 같은 것이었다.

그들은 벌겋게 달구어진 석탄을 뜨거운 석탄으로 인식을 하지 않고 그 위를 걷는 것이다.

무당은 시퍼런 작두 위를 날카롭게 날이 선 작두로 인식하지 않는다.

자신이 그렇게 인식을 할 때에 달구어진 석탄은 더 이상 뜨겁지 않은 것이며 날이 선 작두는 더 이상 작두가 아닌 무딘 쇳덩이에 불과할 뿐인 것이다.

모든 것이 허상임을 느끼고 깨달아야 했다.

하지만 그 정도의 경지까지 오르기에는 초이의 수련은 너무 낮았고 보잘것없었다.

초이는 답답한 마음에 바위를 손바닥으로 쳤다.

빽!

큰 소리가 났지만 바위는 조금도 깨지지 않았으며 변함없이 초이를 조롱하고 있는 것 같았다.

왜 자신의 눈앞에서 바위 자신은 허상이라고 인정하고 항복한 다음에 사라지지 않는단 말인가.

양손으로 미친 듯이 바위를 두들겼지만 돌아오는 것은 아픔뿐이었다.

손바닥이 갈라지고 피가 튀었다.

도의 끝에 이르렀는데……. 잡힐 듯 잡힐 듯하면서도 여간해서 잡히지 않고 자신을 비웃고 있는 듯했다.

턱—!

순간 바위를 내려치던 초이의 손목을 움켜쥐는 손이 있었다.

섬세하기 이를 데 없는 가느다란 여인의 섬섬옥수였다.

초이는 흠칫 고개를 돌렸다.

포숙정이 초이의 손목을 잡고 무표정한 얼굴로 초이를 올려다보고 있었다.

하지만 그 눈빛은 그런 식으로 하면 자신만 다칠 뿐이라는 무언(無言)의 뜻을 간직한 눈빛이었다.

초이는 어리둥절한 표정을 지었다.

숙정은 초이의 팔을 밀면서 비키라는 무언의 행동을 보였다.

초이는 옆으로 걸음을 옮겼다.

그러자 숙정은 바위 앞에 서서는 손바닥을 세운 후 허리에 붙였다.

앞으로 쏘는 듯한 자세였다.

그런 후 조용히 손바닥을 내밀었고 바위 앞에서 손가락 한 마디 정도의 거리를 두고 손을 멈추었다.

그런 후 초이를 돌아보았다.

그것은 잘 보라는 뜻임을 초이는 본능적으로 간파하고 있었다.

슉!

갑자기 숙정의 손바닥이 짧고도 빠르게 바위를 쳤다.

콰!

소리가 들렸다.

짝 소리가 나야 함에도 불구하고 해머 같은 무엇으로 쳐서 부숴지는 소리가 난 것이다.

손을 떼자 바위조각들이 밑으로 우수수 떨어져 내렸다.

한 뼘 깊이 정도로 그 단단한 바위가 떨어져 나간 것이다.

초이는 놀라움이 가득한 눈으로 숙정을 바라보았다.

숙정은 손을 거두더니 아무 소리도 하지 않고는 걸음을 옮겼다.

그리고는 가까이에 있는 나무 앞에 조용히 서는 것이었다.

초이는 자신도 모르게 걸음을 옮겨 숙정의 뒤로 섰다.

숙정은 좀 전과 같이 손바닥을 내밀어 나무기둥의 손가락 한 마디 앞에 멈추었다.

마치 나무를 쓰다듬고 있는 것과 같은 모습이었다.

"헛!"

짧은 기합과 함께 숙정은 손바닥을 앞으로 내밀었다.

펑!

이번은 다른 소리가 났다. 마치 무엇인가 터지는 듯한 소리였다.

초이는 순간 눈을 크게 부릅떴다.

어른 몸통 정도 굵기의 자작나무의 반대편, 즉 숙정이 손바닥으로 친 반대쪽이 으스러지며 터져 나간 것이다.

쩌저적!

그리고는 굉음을 내면서 뒤로 나무가 넘어갔다.

눈가루가 구름처럼 피어올랐다가 안개처럼 흩어졌다.

초이는 경악으로 인해 입을 벌린 채 굳어졌다.

"발경이라고 해요……. 내공으로 친 것이죠."

숙정의 목소리가 통역기를 통해서 억양없는 톤으로 흘러나왔다.

한국말이었다.

"손은 그저, 힘의 끝일 뿐입니다……. 힘은 허리와 단전에서 나오는 겁니다. 손바닥을 쳐낼 때 자신의 손은 아예 없는 것으로 생각하고 허리로 친다고 생각하세요. 사람들이 물건을 들 때 손으로 드는 것 같지만 실상은 먼저 허리부터 힘을 주고 들 준비를 하는 것이죠. 결국 허리 힘으로 드는 것입니다. 마찬가지로 손바닥으로 친다는 생각을 하지 말고 허리로 친다는 생각을 하세요."

'발경……!'

순간적으로 초이의 대뇌피질에 멍키영감이 강제 주입한 내용들이 걷잡을 수 없이 튀어나오기 시작했다.

그것은 이소룡이 구사했던 1인치 타법(打法)과도 일맥상통한 것이었고, 동시에 어렸을 적 장 사범님이 보여줬던 평수(平手)라는 것과도 같은 것이라는 것을 깨달았다.

평수는 일종의 장법(掌法)이며 주로 상대의 급소를 손바닥으로 치는 수법이라 했다.

망아 스님은 초이에게 설명을 해줬다.

실제로 그가 청와대 무술 교관이었을 때 손만 갖다 대면 상대가 수 미터씩 나가떨어지곤 했다고, 그것은 숙정이 말하는 발경을 말하는 것이었고 장풍을 뜻하는 것이기도 했다.

평수의 위력을 의심한 문하생 하나는 호구를 두 개 겹쳐 차고 총재의 평수를 맞았다가 갈비뼈가 부러져 병원에 실려간 일도 있다 했다.

그때 장 사범님은 초이에게 말했다.

"힘은 허리에서 나오는 기다."

"그러니까네 상대를 칠 때는 허리로 치야 하능 기다. 알긋나."

그렇다. 초이가 까맣게 잊고 있던 것이 있었다.
중학교 때 자신을 괴롭혔던 녀석들을 손바닥으로 모조리 때려눕혔던 것을.
바로 그때에 손바닥으로 녀석들을 쳤던 것이 아니고 허리로 쳤음을 기억해 낸 것이다.
숙정이 말하고 있는 것은 장 사범님이 말했던 것과 똑같은 말이었다.
"이해…… 할 수 있겠어요……?"
숙정은 초이 앞에 마주 서서는 고개를 들어 똑바로 응시했다.
초이는 고개를 끄덕였다.
그러자 숙정의 입가에서 어렴풋한 미소가 떠올랐다.
그 미소는 비록 작았지만 막 떠오르기 시작한 햇살에 비춰 그 어떤 웃음보다도 아름다웠고 그 어떤 미소보다 따뜻함을 머금고 있었다.
마주선 둘을 찬란한 햇살이 투과해서 지나가고 있었다.

〈므깃도 완결〉